Engel

Jürgen Hofmann • Pfarrers Kinder, Müllers Vieh

Jürgen Hofmann

Pfarrers Kinder, Müllers Vieh

Kindheit in einem unterfränkischen Dorf

Berlin
Juni 2001

Umschlaggestaltung: Jula Dech / Goscha Nowak
Herstellung und Vertrieb: Books on Demand GmbH

ISBN 3-8311-2064-1

Vorwort

Alle Kinder malen: Häuser mit roten Dächern, grüne Bäume mit dicken Äpfeln, lachende goldene Sonnen. Überall auf der Welt kritzeln eifrige Mädchen ihre Träume mit Buntstiften auf einen Fetzen Papier, pinseln vorwitzige Buben Bilder ihres Glücks an schiefe Holzverschläge: einen Computer, ein Auto, ein Skateboard. Warum malen wir nicht mehr, wenn wir groß sind?

Als ich klein war, herrschte eine beklemmende Zeit. Am Himmel meiner Kinderbilder schweben Stukas und Engel gleichmütig aneinander vorbei, am Boden bellen Hunde und Panzer um die Wette. Wohl lärmten Bomben und Sirenen; wir aber lauschten dem Ruf des Käuzchens, dem fröhlichen Klirren der Ackerwalzen. Wer wirklich horcht beim Abendläuten, vernimmt noch heute im Glockenklang das uralte ‚Es war einmal …'

Die Kindheit ist vorbei, auch die des Dorfes selbst. Ein paar Tonscherben habe ich aufgesammelt vom zerbrochenen Krug, ein paar Blätter gepreßt aus dem verlorenen Paradies. Vor den Fenstern meines Arbeitszimmers in Berlin wiegt sich eine Kastanie, buchstabiert dem vergeßlichen Städter die Farben der Jahreszeiten. Auf meinem Schreibtisch eine Quitte mit ihrem Duft verwirrt Bücher und Papiere, eine Muschel erzählt von meinem Dorf am Mittelmeer.

Gestern noch schien die Welt der Kinder unzerstörbar, ewig. Heute lauert der unsichtbare Tod in den Bächen, im Boden und in der Luft. In anderen Erdteilen werden junge Menschen ermordet von Erwachsenen, die nicht mehr träumen können. Hierzulande kaufen Medien und Industrie die Buntstifte auf.

Ich widme dieses Buch allen großen und kleinen Kindern. Auf, lassen wir die Drachen im Herbstwind steigen! Hui!

J. H.

Kirche im Dorf

„Pfarrers Kinder, Müllers Vieh
gedeihen selten oder nie!“

Volksmund, unergründlicher – was fange ich mit deiner Weisheit an? Daß die dümmsten Bauern die größten Kartoffeln haben: keine Frage. Daß Morgenstund Gold im Munde führt: meinetwegen. Schließlich heißt es auch: wat dem eenen sin Uhl, is dem annern sin Nachtigall. Oder um ein anderes Geflügel zu zitieren: kräht der Gockel auf dem Mist, verändert sich das Wetter oder 's bleibt wie's ist. Na siehste.

Wie aber geht man mit jenem Orakel um, des Volkes düsterem Wort über die Zukunft zweier ehrenwerter Berufe bzw. ihres lebenden Anhangs? „Pfarrers Kinder, Müllers Vieh …“ Das Selten-oder-gar-nicht-Gedeihen der Pfarrersbrut – mit der Vorhersage hätte ich kaum Schwierigkeiten. Und zwar aufgrund höchsteigener Erfahrung ebenso wie durch vielfältige Anschauung aus nächster Nähe. Aber Müllers Vieh – ich weiß nicht … Warum soll ausgerechnet Müllers Tieren das gleiche Schicksal beschieden sein wie unsereinem? Welcher unterirdische Gang verbindet Pfarrhaus und Mühle? Wie kommt Mehl auf den Talar? Seit wann liest man die Bibel wie Grimms-Märchen, lebt unter läutenden Glocken es sich so wie am rauschenden Bach?

Ob etwa eine Verwechslung vorliegt? Das Volk, es nimmt den Mund ja kaum mir nichts dir nichts so voll. Viele Generationen müssen einander einen solchen Spruch weitersagen, bis er zum Sprichwort taugt. Wenn da irgendein Volksmund … – wenn er genuschelt hat bei der „Stillen Post“ und es hieß ursprünglich ganz anders? Zum Beispiel „Pfarrers Kinder, Müllers Knie“. Ich gebe zu: leichter wird die Erklärung dadurch auch nicht. Die einzige Gemeinsamkeit, die mir einfällt zwischen Mühle und Pfarre, ist die Gebetsmühle. Aber die gehört vollends in eine andere Kultur als Europa, Deutschland, Unterfranken.

In jeder einfachen Redensart lauern komplizierte Fragen. Zu meiner Antwort muß ich daher etwas ausholen.

Es ist ganz offenbar, daß die meisten alten Sprüche und Volksweisheiten vom Lande stammen, aus dem Dorf. Während heute das Volk seine Verdummung frei Haus vom Fernsehen beziehen kann oder aus Illustrierten – in grauer Vorzeit fabrizierte es seine Redensarten noch selbst wie Leberwürste: hausgemacht aus feingemahlenen Erfahrungen und groben Vorurteilen. Bauernregeln konnten halt nicht so wohlgesetzt-weitschweifig daherkommen wie „aus Frankfurt nun der Wetterbericht".

Und unsere Vorfahren waren Bauern, sogar unsere ganz persönlich. (Der in Franken verbreitete Name Hofmann bezeichnet eben diese Herkunft.)

Auch unser Sprichwort muß vom Dorf stammen. Nur hier kennt man, besser: kannte man beide, den Müller und den Pfarrer (nebst ihren Kindern bzw. ihrem Vieh). Jedenfalls war es in unserem Dorf so. Wir hatten sogar zwei von jeder Sorte, also zwei Pfarrer und zwei Müller, wirklich! Es war überhaupt ein interessantes Dorf. Darum will ich einmal ein bißchen erzählen, wie es da zuging. Damals, als wir – mein Bruder Klaus und ich – „Pfarrers Kinder" waren (ebenso wie irgendwer Müllers Vieh). Und natürlich davon, welche Aussichten wir dort hatten, zu gedeihen oder nicht.

Apropos Aussicht: Daß der Volksmund den Pfarrer aufs Korn nimmt, kann jemand, der sich auskennt, nicht verwundern. Schließlich gleicht es sich überall: die Kirche ist das, was man von jedem Dorf als erstes erblickt. Der Kirchturm wacht über den

Häusern wie ein Hahn über seinen Hühnern. Was Wunder, wenn die Hennen den Gockel ebenso scharf aus ihren Blinzelaugen anvisieren! Der Volksmund hat sich auch darauf seinen Reim gemacht: „Auf dem Talar sieht man den kleinsten Fussel." Wohl wahr.

Haargenau so war es bei uns – ich meine jetzt erst einmal in bezug auf die Geografie. Woher immer man kam: von Norden, Süden, Westen oder Osten – also von Kolzem, Hallem, Krautem, Öibervolki, Göibi oder Brünnscht (das heißt Kolitzheim, Herlheim, Krautheim, Obervolkach, Gaibach und Brünnstadt) – stets schwebte über unserem Dorf zuerst eine glänzende Goldkugel: Glücksstern und symbolisches Ausrufezeichen für den kleinen Kosmos, dem der Fremde sich näherte, in dem der Einheimische sich wieder einfand. Wenn man auf den Ort zulief dann, schob der Kirchturm sein spitzes graues Schieferdach hinterher, auf dem die Kugel aufgespießt war. Danach erst ließ der eine oder andere Bauernhof sich blicken, das Schloß drüber, die Ziegelei.

Um genau zu sein, war es natürlich nicht „der" Kirchturm – sondern der Turm der evangelischen Kirche. Ich sagte bereits, wir hatten von beidem zwei: eine evangelische Kirche und eine katholische Kapelle, eine richtige Mühle und eine Lohmühle. (Ich meine das „richtig" ganz ohne theologische Hintergedanken.) Unser Dorf war nun einmal überwiegend protestantisch, schon seit den Tagen der Reformation, für die Argula von Grumbach - Nachfahrin früherer Lehensherren und Briefpartnerin Luthers – von Zeilitzheim aus heftig stritt; daran änderte auch der Zustrom katholischer Flüchtlinge nach dem Krieg nicht allzuviel. Und ein Dachreiter auf dem Schloß stellte eben keinen richtigen Kirchturm dar. Dafür hatten Kinder ein besonderes Gespür. Nicht nur „Pfarrers Kinder", die vielleicht Partei waren. (Ich offenbar nicht: als ich dem Priester einmal einen Brief meines Vaters hintrug und er mich einen staunenden Blick in das buntgeschmückte Innere seines Reviers werfen ließ, kam ich mit der entschiedenen Ansicht nach Hause, ich müßte nun katholisch werden.)

Richtige Mühle – darunter verstand man eine, in der Getreide zu Mehl vermahlen wurde. Was heißt überhaupt „Lohmühle“? Bemerkenswert an der Lohmühle schien mir, daß man sie, wie die Kirche, schon von weit außerhalb des Dorfes sehen konnte, wenn auch freilich nur von einer Richtung aus.

Unsere Lohmühle, die von Geilings, lag auf halbem Weg nach Obervolkach. Als Kind, wenn ich Geilings Hans bedauerte, daß er immer so weit nach Hause hatte, fragte ich mich manchmal, warum seine Eltern ihre Mühle nicht ins Dorf gebaut hatten wie Herberts die ihre. Geilings Hans wußte keine Antwort. Wir überlegten, daß es wegen des Lärms sein könnte. Immerhin hieß es ja: „Es klappert die Mühle am rauschenden Bach …“ Ob Klappern und Rauschen zusammen zuviel war?

Müllers Mühle – also die richtige – klapperte laut, keine Frage. Wenn ich etwas auszurichten hatte dort, mußte ich es immer jemand ins Ohr brüllen. Und Müllers Rudi hatte mit der Zeit eine ziemlich kräftige Stimme bekommen. Aber warum durften die dann im Dorf bleiben, wenn auch ein bißchen abseits, und Geilings nicht? Wir hielten uns an das Gute der Sache: die Lohmühle verkörperte ein Stück Dorf außerhalb des Dorfes, wenn wir uns rumtrieben draußen am „Allerberg“ und uns schon ein bißchen fremd zumute wurde. Einen Kilometer weg sein vom Dorf war ein Abenteuer.

Später, in Heimatkunde, erfuhren wir die tieferen Zusammenhänge. In der Lohmühle wurde Baumrinde mit Hilfe von Wasser zu Gerbstoffen verarbeitet – also zu einem Mittel, mit dem man aus Tierfellen Leder für Schuhe oder Hosen herstellen konnte. In vielen Lohmühlen machte man dann gleich beides in einem Aufwasch, Gerbmittel und Leder. Genau deswegen lag die Sorte

Mühle weit außerhalb des Dorfes. Denn die Häute und Felle stanken natürlich erbärmlich. Und gegen einen solchen Gestank waren unsere Altvorderen noch keineswegs gleichgültig. Einen Chemiebetrieb, eine Mülldeponie hätten sie sich nicht vor die Nase setzen lassen. Jauche oder Mist, kein Problem. Das aber – nein! Seit ich es wußte, ging ich Geilings Hans immer ein bißchen aus dem Weg. Mit Gerben hatte sein Vater längst nichts mehr zu tun. Das Mühlrad jedoch lief munter weiter. Man kann nie wissen.

Da wir schon einmal draußen an der Lohmühle sind oder jedenfalls in ihrer Nähe: gehen wir doch gleich von hier aus auf unser Dorf zu! Eigentlich ist es ja egal, von wo man herkommt. Außerdem, auch die nächste Besonderheit des Ortes ist von hier aus zweifellos am besten zu sehen: das Schloß. Ja, ein richtiges Schloß, wie im Märchen! (Wir werden noch einiges davon hören). Fürs erste verschwindet es hinter ein paar Bauernhöfen, die zu Bach und Berg hin liegen. Die Straße von Obervolkach nimmt da einen kleinen Anlauf nach oben und legt sich beim Transformatoren-Häuschen in die Kurve (genau umgekehrt wie ich es machte, als ich just an der Stelle des Radfahren lernte). Fast gleichzeitig mit dem Weg von Gaibach her und dem Feldweg, der sich um den Friedhof windet, erreichen wir den Eingang des Dorfes; natürlich nicht „den“ Eingang, sondern einen von vieren der Windrose. Da steht das gelbe Ortsschild mit den schwarzen Buchstaben ordentlich Posten. Wie das Etikett auf einem Schulheft ist es mir immer vorgekommen. Oder wie die Aufkleber auf den Gläsern mit der eingemachten Marmelade.

Zeilitzheim. Ich schlage das alte Schulheft auf, blättere in einem Buch, das vollgekritzelt ist mit Erlebnissen, Erfahrungen, Erinnerungen. Zeilitzheim: ich öffne ein Einmachglas mit tief in Sirup getränkten Früchten, deren Geschmack und Geruch ich mit geschlossenen Augen herausfände unter Tausenden. Zalzem

– anheimelnder Klang noch nach Jahrzehnten. Mein Dorf. Unser Dorf. Wir sind da.

Es ist gut, von dieser Seite her heimzukommen, wenn man lange fort war. Da drüben, an der Kapelle ist es zu merken, liegt der Friedhof; am Rande des Dorfs zwar, aber doch auch deutlich in ihm (und jedenfalls nicht abseits, außerhalb, wie andernorts üblich). So als enthielte er nicht tote, sondern die lebendige Geschichte der Gemeinde, als geometrischer Ort für Wechselfälle und Widrigkeiten derer, die noch leben. Hier liegen sie friedlich nebeneinander, die wegen eines wenige Morgen großen Ackers über Generationen verfeindeteten Familien, wie sie jeder Weiler kennt. Hier trennen keine Kirchenmauern sie mehr, die „Katholischen" und die „Evangelischen", in deren Gemeinden das Dorf in meiner Kindheit noch unüberbrückbar so zerfiel, daß jeder nur bei seinem Glaubensbäcker Brot holen, bei seinem Bekenntnisschreiner Fensterrahmen anfertigen lassen durfte. Allein der Leberkäs, später, stiftete Ökumene, weil auch wir Evangelischen ihn – zumindest eine Zeitlang – vom katholischen Hauckebecks Sepp bezogen; er wird ihn schon nicht mit Weihwasser besprenkelt haben.

Friedhöfe ebnen Unterschiede ebenso ein wie Streitigkeiten. Hier kam das gespaltene Dorf schon damals zur Ruhe. Hier sind die Großväter meiner Jugend zu Grabsteinen verwittert: der gutmütige Opa Kost, unser Nachbar – der erste Tote, den ich als Kind sah, wachsbleich von weißen Tüchern eingehüllt, aufgebahrt im Flur, und mit einem offen starrenden Mund ohne Atem. Oder Opa Schreck aus dem Kramladen im Schloß mit seinem wallenden alttestamentarischen Bart, der stets mit dem Kopf wackelte, wo er ging oder stand. Und für uns Kinder sah es so aus, als wollte er immer nur sagen: „Ich versteh die Welt nicht mehr ..." Vielleicht war es aber auch der „Gropps Schneider" oder vom „Stern" der alte „Jöjö", der mit seinem gemurmelten „Mamamama" selbst wirkte wie ein Kind auf der Suche nach Zuhause. Die ganz Alten schüttelten eigentlich alle und dauernd den Kopf; der Erinnerung schieben sie sich in eine Person zusammen. „Macht der wöllt" (Macht doch was ihr wollt!) war jedenfalls die stehende Wendung, mit der Opa Schreck zum Schluß alles achselzuckend abwehrte.

Wahrscheinlich konnte er die Welt wirklich nicht mehr verstehen. Er muß bereits betagt gewesen sein, als die Nazis die Luft im Dorf vergifteten; uralt als die Amerikaner es besetzten, im April '45. Auch die Mitläufer von damals, der Ortsgruppenführer oder der Leiter der NS-Bauernschaft – fruchtbare braune Erde ist längst aus ihnen geworden. Und der eine oder andere Spielkamerad, mit dem ich herumgesprungen war beim Völkerball oder wenn der Kaiser seine Soldaten ausschickte, sie liegen ebenfalls schon hier. Schlägt das Dorf mein Schulheft auf, so blättert der Wind über dem Friedhof in seiner vergilbten Chronik.

Ein andermal. Bei Krauß, aus dem ersten Gehöft, biegt ein Leiterwagen in die Straße. Auf dem hinteren Ende der Mittelstange sitzend, auf keinem vertrauteren (und verschwiegeneren!) Platz kann man hineinfahren ins Dorf. Ich bin gerade fünf, trage kurze Hosen, die Taschen voll mit Erbsenschoten. Ochse und Pferd ziehen bei Krauß den Wagen – ein Mischpaar an Zugtieren, wie es auf unserem Dorf, ich glaube, nur der alte Schranz außerdem noch einspannte. Wie evangelisch und katholisch, denke ich als Kind (und male mir natürlich den Ochsen mit dem Stirnjoch als katholisch, das Pferd mit seinem vornehmen Kummetkragen als lutherisch aus).

Der Wagen klappert, knirscht über das Kopfsteinpflaster (Teerstraßen kannten wir nur vom Hörensagen). Da, der Hof von Roßmarks, die mit uns weitläufig verwandt waren; so brachten sie Vater ab und zu zwei drei Tauben, die flatterten im zugebundenen Korb. Ich konnte nicht begreifen, wie man diese Vögelchen braten und essen mochte – und dran war doch sowieso kaum etwas an ihnen. Daß meine Mutter ähnlich dachte und sie heimlich immer freiließ (so daß sie natürlich wieder auf dem heimatlichen Hof landeten), ich habe es erst viele Jahre später erfahren.

Nebenan Englerts war auch jemand zugeflogen. Ihnen hatte man die kinderreichste Flüchtlingsfamilie im Dorf zugewiesen: zu acht oder neunt hausten unter ihrem Dach die Wohlgefahrts (der Name trug es in sich!). Und waren sie mit allem einmal so reich gesegnet gewesen wie mit Kindern, dann zählten sie einst vielleicht wirklich zu den größten Bauern von Ostpreußen, wie Wohlgefahrts Siegfried immer behauptete. (Hätten wir Kinder ahnen können, welch massenhaftes Schicksal sich in solcher Angeberei auf naive Weise ausdrückte, welcher erbitterte Kampf um Abweisung und Anerkennung der Vertriebenen?)

Am oberen Brunnen, links, der Hof von Johann Pröschel, dem langjährigen Bürgermeister. Dem Kirchenvorstand gehörte er auch an; wüßte mein Kopf es nicht mehr – meine Kinderbeine sind den Weg so oft gelaufen, daß sie ihn heute noch im Schlafe fänden. Der Bauer arbeitete immer irgendwo in Scheune oder Stall. Dort unterschrieb er dann das DIN-A-5-Blättchen mit der Einladung ins Pfarrhaus im Stehen. Daß er dazu einmal den Rücken einer Kuh benützte, hat mich tief beeindruckt – geradezu so, als wäre damit das Rindvieh in die Sache hineingezogen. Während ich das Bonbon lutschte, das ich von der Bauersfrau stets mit auf den Weg bekam, stellte ich mir die Kuh in Vaters Amtszimmer bei der Sitzung vor. Und war, in die Vorstellung vertieft, unversehens schon beim Bäcker Scherer, unterhalb des Schlosses, angelangt.

„Aha“, sagte er und wischte sich die mehligen Hände an der Schürze ab, der Pfarrersch Jürchen!“ Dann setzte er seine runde

Nickelbrille auf, studierte das Papier, unterschrieb. „Und", schaute er mich über die Gläser weg an, „willst immer no Bäcker werr?"

Ich wollte. Bäcker war das größte. Teig kneten, tief in riesige Holzbottiche greifen, zähe Batzen in die Höhe werfen und mit der Handkante Furchen in die großen Brötchen schlagen (die acht Pfennige kosteten), Teig walzen und ziehen, gar Plätzchen ausstechen – was konnte es Schöneres geben! Die falben Laibe, die in den geflochtenen Bastkörben quollen, wurden eins mit dem gemütlichen Bauch des Bäckers, der seine weißliche Schürze wölbte. So nahm er für mich Züge meines Opas an, seine Güte und Wärme, seine Unentbehrlichkeit für alle. Auf meiner inneren Wärmeskala, einer Art gefühlsmäßiger Karte des Dorfes, glühte die Ecke um die Bäckerei karmesinrot. Das geduckte Häuschen versteckte eine Pforte zur Unterwelt des Märchens. Selbst die Frau des Bäckers verwandelte sich in ein Gebäckstück, ich glaube in eine Brezel.

Und der Meister wußte, was er einem angehenden Bäckerlehrling schuldig war. Wenn er mir das Papier zurückgegeben und die Brille sorgfältig in ein Etui verstaut hatte, zog er ein paar klobige Handschuhe an, um die gußeiserne Tür zum Backofen zu öffnen. Dann, mit dem meterlangen Schießer, schob er zwei drei Brotlaibe hin und her, die im Widerschein des Feuers rötlich leuchteten. Das war mein Lieblingsblick: vom Paradies in die Hölle.

Ich kann jetzt nicht alle Kirchenvorsteher einladen; der Wagen holpert weiter. Schon springt die Häuserzeile zurück, rechts beim alten Knies (der mit seinem Häcker-Gesicht in meiner Knopfsammlung als ovales, schräggeschnittenes Holzplättchen vorkam). Gegenüber von der Froschgasse tritt jemand neugierig aus der Tür – Frau Scheuring, natürlich. Irgendwie fand sie, über all ihren Kindern, immer Zeit, vor der Tür zu stehen, die Hände verschränkt, und sich, sagen wir, zu informieren, wer ins Dorf hinein oder aus ihm herausfuhr (und mit wem und wozu). Jetzt streicht sie sich mit der Hand über die Stirn, kramt in ihrem Gedächtnis, um den fremden Heimkehrer irgendwie einzuordnen. Da war doch etwas, etwas ganz Besonderes …

Es war tatsächlich: April '45. Trotz einer brenzligen Situation – fremde SS stand noch am Schloß postiert – hingen vom Schallloch des Kirchturms lange Bettlaken als Kapitulationsfahnen herab. (Mutter hatte Paul Schranz die Kirchenschlüssel vorsichtshalber nur in seiner Eigenschaft als Feuerwehrmeister ausgehändigt.) Nach einem Scharmützel, bei dem am Gänswasen eine Scheune ausbrannte, hatten die Amerikaner das Dorf besetzt und das Pfarrhaus als Sitz ihres Kommandos auserkoren. Gegen Mittag hielt ein Panzer vor unserem Haus; und da es gerade Spinat gab, fühlten wir Kinder uns mit dem Räumungsbefehl durchaus einverstanden. Jedenfalls blieben nur Stunden, um das Nötigste zu pakken. Dann krochen wir hier unter, wo Frau Scheuring heraustritt – Flüchtlinge im eigenen Dorf.

Warum ausgerechnet unser Haus besetzt wurde, ist mir bis heute nicht klar. Vielleicht sahen die Amerikaner das Pfarrhaus als geeignete Zentrale einer künftigen „moralischen Wiederaufrüstung“ an. Oder sie wollten sich auch nur die Landwirtschaft vom Leibe halten, den Misthaufen von der Nase. Für uns Kinder zumindest war die Sache romantisch. Einen Einkaufsweg sparten wir obendrein, weil wir jetzt in der Milchabholungs-Stelle wohnten. „Ein Liter Magermilch, ein halber Liter Vollmilch …“ Lang vergessene Wörter.

„Brrrrr!“ Der Leiterwagen, inzwischen bis an den Rand von Schloß und Marktplatz weitergeklappert, hält auf das Kommando eines unsichtbaren Kutschers vor dem „Stern“, wo früher Reisende Quartier fanden. Dieser Stern aber ist längst verglüht: Tünche blättert von der ausgebleichten Fassade zwischen blinden Fenstern, aus denen einst das gesellige Geschwätz auf die Straße hinaushallte, derbe Scherze im fränkischen Urlaut hin- und herflogen. Wie lange ist es her, daß wir hier zu zwanzig, dreißig Kindern für die sogenannte Schulspeisung einkehrten, das Ernährungs-Hilfsprogramm der ersten Nachkriegsjahre! Hier holte ich dem Vater das „evangelische" Bier in jenen kandisbraunen Flaschen, deren Patentverschluß – weiße Keramik, Gummiring und Stahldraht-Schaukel – sich dann mit dem vertrauten „Plop"-Signal öffnete.

War es nicht hier, wo ein reisender Hypnotiseur unserer Zeitungsfrau Seidel einen schiefen Mund verpaßte und die versammelte Gemeinde mit seiner Zauberkunst in starres Erstaunen versetzte – bis einer von den Vogts, sicherlich der pfiffige Rudi, erst so tat, als stünde auch er unter jenem geheimnisvollen Bann, um dann plötzlich in schallendes Gelächter auszubrechen und, einen Teller in der Hand, den verblüfften Magier dem Spott preiszugeben?

Graue Vorzeit – sechs sieben Jahre „vor Fernseh Geburt". Mühelos füllte das Dorf drei Wirtschaften. Guter Dinge konnten die jungen Haussteins den „Stern" übernehmen, der mit eigener Schlachterei da warb, wo die „Sonne" mit ihrem Tanzboden glänzte oder der „Hirsch" die Kegelbahn bot und im Sommer den umrankten Vorgarten. „Laß mrsch?" drängte der geschäftstüchtige neue Wirt aus Thüringen den Hausfrauen stets ein paar Gramm Wurst mehr auf. Der alte Thomas, ein karges, wackliges Männlein, mochte sich beruhigt aufs Altenteil zurückziehen – nicht ohne ab und zu einen kräftigen Schluck zu sich zu nehmen. „Gogs", lachten wir hinter ihm her, „Gogs"! Warum „Gogs", Zylinder? Spitznamen auf dem Dorf haben ihre eigene dunkle Geschichte. Wir riefen „Gogs", wie wir es von den Größeren gelernt hatten, den Kleineren weitergaben. Und verschwanden prustend in der Nische, wo links Kohles' Haus zum Marktplatz hin zurücktritt.

Kohles am Eck, Gemischtwarenhandlung – ein wohlhabend wirkendes Bürgerhaus, sogar mit wappenartigem Medaillon über der Tür, zu der ausgewaschene Stufen fast eine kleine Freitreppe bilden. Wie oft bin ich hier hinaufgekrabbelt, später hinaufgestiegen in den Laden zu den drei gutmütigen Schwestern! Wie oft habe ich, wenn das Drücken der Klinke einen am Oberlicht befestigten Bimmelzug in Gang gesetzt hatte, „ich bins" gerufen, wie ich das von den Schwestern kannte, wenn sie selbst von draußen her ins Geschäft traten! Ich durfte es: sie mochten mich, die mollige Marie vor allem. Kein noch so kleiner Einkauf, wo sie nicht ins große Bonbonglas gegriffen hätte, mit ihren Knubbelfingern, und mir „a Gutzerla" in die Patschhand gedrückt für den Nachhauseweg – mindestens zwanzig, dreißig Meter! Und wenn ich ja mal nichts bekam, von Dora oder Adam (der dann und wann aushalf): was für einen wilden Kitzel löste der heimliche Genuß aus, den mit blauweißen Ornamenten gezierten Würfel aus „Kitzinger Kunsthonig" vorsichtig an seinem Pappboden zu öffnen und sich mit dem Zeigefinger in die zähe, weißgelbliche Süßmasse zu bohren, um die Packung rechtzeitig vor der Haustür wieder sorgfältig zu verschließen!

Kohles – auch das zählte als Wärmeort auf meiner Dorfkarte, was sicherlich ebenso an den liebevollen Schwestern lag wie an ihren mehr oder weniger begehrenswerten Waren. Die goldenen Buchstaben auf dem schwarz spiegelnden Schild neben dem Eingang, die ich trotz ihrer gotischen Zierformen schneller lesen lernte als alles andere – sie faßten in zwei drei Wörter, worauf es ankam: „Eszet Schokolade Kakao". Später ließ der braune Kandiszucker das Wasser im Mund zusammenlaufen: klobige Brocken, so groß wie Erdbeeren, hingen oft noch an Fäden, an denen sie sich kristallisiert hatten. Im Frühsommer barg eine bauchige Vitrine Ton-Schusser zum „Kügeln"; „Frigeo"-Brausepulver kostete zwei Pfennige. Dann gab es bald farbige Dschungel-Bilder zu „Sanella" (oder die Raubtier-Serie, wenn man „Resi Schmelz" nahm).

Und einmal, ich war erst anderthalb, strich mir die dicke Marie mit der Hand über den blonden Kopf – da biß mich Lord, Kohles' schwarzer Schäferhund, aus Eifersucht jäh in die Hand. Weil jedoch auf dem Dorf, jedenfalls im Krieg, alles was nur blutete, bloß mit essigsaurer Tonerde behandelt wurde – im Normalfall von Schwester Anna (später Grete) – mußte ich ein paar Tage drauf mit Blutvergiftung ins Krankenhaus nach Würzburg (wo mir ein dünneres Bein blieb von der zu späten Operation).

„Würzburg 31 km", es stand draußen auf dem gelben Wegweiser direkt am Kohles-Eck. Und drunter, schon wieder: „Stollwerck-Schokolade", natürlich. (Da sollten wir Kinder Lebertran mögen!) Aber oft waren weder „Würzburg" noch die Schokolade zu lesen – so hoch türmten sich die schweren sackleinenen Stapel mit Kartoffeln davor, gelegentlich sogar mit Erbsen (und man brauchte sich nur an sie anzulehnen, um vom Rücken aus unauffällig die Schoten durch ein paar immer vorhandene Löcher herauszuhakeln). Hier war die Stelle, wo diese Abgaben von fremden Fahrzeugen aufgeladen wurden, um in irgendeiner fernen Stadt für den Lebensmittelausgleich zu sorgen.

Gegenüber standen die Kannen auf der Holzrampe am Schloß und warteten auf die tägliche Abholung durch das Milchauto von Anton Then. Sie saßen so gemütlich auf dem breiten Lattenrost, kinderhohe dicke Gefäße aus beuligem Aluminiumblech, die goldenen Messingnummern ihrer jeweiligen Besitzer am Kragen. Und wie die Milch aufschäumte, überschwappte, wenn man die schweren Gefäße schüttelte und ihnen ihre Zipfelkappe abzog! Johlend stürmte eine Meute davon.

Bildete die Brücke, am „Booch", mit ihren gemütlichen dicken Pfeilern und Geländer-Wülsten, den Schwerpunkt des Dorfes – so stellten Schloß und Marktplatz seinen Verkehrsmittelpunkt her, sozusagen objektiv. Für uns Kinder war das Schloß eine Art Fremdkörper und blieb dies auch, als es sich nach dem Krieg in ein riesiges Wohnhaus verwandelte, trotz (oder vielleicht wegen?) der Flüchtlinge, die dort einquartiert wurden. Schule, Post und Kramladen – alles nahm das Schloß auf. Irgendwann richtete sogar ein „Dentist" oben sich ein, ein echter Quacksalber, der zog den Bauern unter barocken Stuckdecken alle Zähne aus dem Gebiß und das Geld aus der Tasche. Das Schloß aber, dem das Rathaus weiter trotzig die Stirn bot, wollte nicht heimisch werden.

Unser Verkehrs-Knotenpunkt jedenfalls – es lebe der kleine Unterschied! – hieß Kohles-Eck. Selbst der gelbe Postbus (die „Kraftpost") richtete sich danach, wenn er just hier hielt: Schweinfurt-Würzburg über Volkach, zweimal am Tag, früh und abends, genau am Eckstein. Und wenn Vater im Gottesdienst manchmal predigte, daß Jesus Christus der „Eckstein" der Gemeinde sei, dachte ich selbstverständlich an den am Kohles-Eck. Schließlich war die „güldne Sonne" – die „voll Freud und Wonne", aus dem Gesangbuch (Nr. 433) – natürlich auch die, die am Hauck'schen Gasthof gegenüber hing, mit ihrem fröhlichen Goldblechlachen, sonnenklar.

Zuletzt gab es dann noch eine ganz besondere Bedeutung des Kohles-Ecks, eine sozusagen strategische. Auch sie hing mit der Kirche zusammen (was denn eigentlich nicht auf dem Dorf?). Um das zu erklären, muß ich etwas ausholen. Wir können uns ja solange hinsetzen, hier, auf die Brüstung vorm Schloßportal. Na also.

Die Geschichte hat mit dem Glockenläuten zu tun. Und die Glocken, die läutete man damals selbstverständlich mit der Hand. Wenn uns jemand weisgemacht hätte, daß das elektrisch ginge – wir alle hätten ihn ausgelacht. Nicht weil der Strom noch so oft ausfiel und wir an das Kuddelmuddel beim Bimmeln gedacht hätten! Nein, weil das Glockenläuten einfach eine wunderbare Tätigkeit war, ein Vergnügen, um das wir uns als Halbwüchsige nicht selten sogar zankten! Denn das gewöhnliche Läuten – morgens, mittags, abends und zu allerlei kirchlichen Anlässen – das besorgte Herr Götz, der Mesner (also eine Art Profi) oder, wenn er nicht konnte (er war nicht sehr gesund), seine Frau. „Elvira!“, krächzte er dann mürrisch durch die Mauern und Gänge der Kirchenburg, „Elvira!“. Pünktlich mußte es schon sein, das Geläute. Schließlich funktionierten die Glocken („damals und auf dem Lande“) als allerlei Zeichen: als Wecker in der Frühe, als Ermahnung an uns streunende Burschen beim Hereinbrechen der Dunkelheit oder auch, wie das Vaterunser-Läuten, als praktisches Signal für die und jene am Sonntagmorgen zu Hause gebliebene Großmutter, daß es jetzt an der Zeit wäre, die Klöße ins Wasser zu werfen.

Man sieht, was alles abhängen konnte vom richtigen Läuten. Und das Vaterunser-Läuten – keineswegs nur, aber gerade auch dieses – lag nun einmal buchstäblich in unseren Händen. Wie das Läuten eine Stunde und eine halbe Stunde vor Beginn „der Kirche“ (was soviel hieß wie „des Gottesdiensts“) gehörte es zu den gleichsam ehrenamtlichen Aufgaben der sogenannten „Läutbuben“: das waren alle zehn- bis zwölfjährigen evangelischen Jungen in den zwei Jahren vor Beginn des Konfirmandenunterrichts, angeführt von einem sog. „Läutmäster“ (also dem „Meister“ oder „Boß“). Auf die Idee, Gleichberechtigung in diesen Angelegenheiten zu verlangen, wäre bei uns kein Mensch gekommen. Auf dem Läutboden konnten wir uns Mädchen schon deshalb kaum vorstellen, weil man bei Ablösung der jeweiligen Vorgänger-Generation immerhin ein reichlich schweres Eisenkreuz über dem Kirchenschiff hin- und hertragen mußte, um sich anschließend auch noch von jedem der Älteren einige Schläge auf den Hintern gefallen lassen zu müssen, drei mit jedem Glockenstrang!

Als „Läutbub“ war man für alles Mögliche zuständig: Gottesdienst und Hochzeit, Vaterunser-Läuten und Kreuztragen beim

Leichenzug. Außerdem hatten wir den Blasbalg zu treten, oben auf der Orgelempore. Das war für einmal ganz lustig, aber bei langen Liedern konnte es sich ziehen. Man stand nämlich die ganze Zeit und trat mit dem einen Fuß eine Art schweres Pedal, wobei man sich an einem Holzgriff festhielt. Und in einem Schlitz des Orgelgehäuses steckte ein Zeiger, der mit dem sich füllenden Blasbalg stieg, mit dem erschlaffenden sank – so daß man wußte, wann die Fußarbeit wieder nötig wurde. Wir vertrieben uns die Zeit, indem wir zum Beispiel heftig auf Vorrat pumpten, um uns dann sozusagen pfeifend zu den anderen auf der Treppe zu gesellen, als wäre nichts – und zum Beispiel „Stille Post" zu spielen. Wenn das Instrument zu wimmern anfing, zu ächzen oder gar zu stottern, rasten wir durch den Gang zurück an unseren Arbeitsplatz, wo Robert Krauß manchmal schon mahnend um die Ecke schaute. Wenn aber die Orgel wirklich mal ganz absoff, gab's was hinter die Ohren (und das fanden selbst wir dann gerecht).

Nun also das Vaterunser-Läuten. In jedem Gottesdienst hat das Vaterunser seinen festen Platz hinter dem großen Schlußgebet. Das Schlußgebet geht ohne Glockenläuten vonstatten, das Vaterunser mit. Wo lag das Problem? Liturgisch (oder so) ist der Unterschied der, daß das große Schlußgebet immer aus ein bißchen anderen Sätzen und (Gott möge mir verzeihen!) Floskeln bestand. Das Vaterunser, versteht sich, blieb immer dasselbe. „Vater unser, der du bist im Himmel ..." Und dazu sollte die Glocke läuten – die „Elferglocke" natürlich.

Das technische Problem, das sich daraus ergab, war auf den Umstand zurückzuführen, daß zwar eine Katze sofort kreischt, wenn man sie am Schwanz zieht (und sicherlich sogar kratzt!), nicht jedoch eine Glocke. Ich meine, eine Glocke läutet nicht gleich, wenn man an ihrem Seil zieht – schon gar nicht ein riesengroßer Klangkörper. So ein paar Tonnen Metall, Bronzelegierung oder was auch immer, wollen sehr allmählich in Schwung gebracht werden. Da mußt du mit der Schwingung mitatmen, mitziehen, mitpumpen – bis endlich der Klöppel an den sich wiegenden Zylinder schlägt und die Glocke ihre gewichtige Botschaft dem Wind übergibt, zum Schalloch hinaus über Dächer und Felder. Vom ersten Seilziehen bis zum ersten Glockenton, das kann dauern: drei Sekunden, vier, vielleicht sogar fünf – wirklich eine Ewigkeit.

Andererseits: Vater wartete nicht (ich meine jetzt meinen Vater, den am Altar, nicht den „Vater unser"). Wenn er mit dem großen Schlußgebet fertig war und „Amen" gesagt hatte – einen Atemzug später, akkurat, begann er mit dem Vaterunser. Vielleicht hatte er theologische Gründe dafür, wer weiß. Damals dachte ich, er wollte sicherlich den „Vater unser" nicht warten lassen, wenn man ihn schon eigens anrief. Bestimmt war der im Himmel genauso ungeduldig wie unser eigener Vater (jetzt meine ich wieder den vorm Altar), wenn er am Tisch saß, Sonntagmittag zum Beispiel, und wir hatten die Hände nicht rechtzeitig gewaschen oder Mutter die Soße nicht fertig. „Unsere Väter" besaßen eine große Ähnlichkeit; ich habe so etwas später nur noch bei den Söhnen wiedergefunden.

Wie dem auch sei: wir Läutbuben begriffen das Problem als technische Herausforderung – sagen wir, etwa wie die Ministranten das Schwenken des Weihrauchkessels (was, obwohl es harmlos aussieht, auch gelernt sein will). Den Normalfall lösten wir folgendermaßen: ein Läutbub mit Blick- und Hörverbindung zum Altar saß oberhalb der Orgelempore auf einer Treppe zum Läutboden und hatte eine Schnur in der Hand, die unter dem Glockenstuhl an einem winzigen Glöckchen endete. Wenn dieses Glöckchen läutete, hatte der „diensthabende" Läutbube den Strang zur Vaterunser-Glocke sofort in Bewegung zu setzen. Wer von der Treppe aus das Zeichen gab, der mußte also das „Amen" des großen Schlußgebets vorausahnen können, es zwei drei, besser noch vier Sekunden zuvor in der Luft liegen riechen, dem Gebetston ablauschen, der Tagesform des Pfarrers anspüren können.

Es klingt geheimnisvoll – aber eigentlich war es so schwer auch wieder nicht. Vater sagte beispielsweise: „... von wo er dermaleinst kommen wird, zu richten die Lebendigen und die Toten!" Aufgepaßt! Wenn vom Jüngsten Gericht und „dermaleinst" die Rede war, ging es stets auf das Ende zu (ich meine das Ende des Gebets). Vater fuhr fort: „... und wir werden schauen seine Herrlichkeit von Angesicht zu Angesicht in Seligkeit." Vorsicht! Genau hingehört: Seligkeit ist nicht Ewigkeit! (Wenn's so einfach wäre, könnte jeder hergelaufene Pfadfinder das Bimmeln übernehmen). Aber Achtung – schon geht es weiter! „Herr Gott, wir bauen auf dich! Herr Gott, wir danken dir!" (Nicht nervös werden!) „Herr Gott, wir loben und preisen deine Güte! Durch Jesum Christum" – höchste Konzentration! – „unseren Herrn." Alarm!! Zeichen! Bimmeln! „Von Ewigkeit zu Ewigkeit! Amen!" Pause. Einundzwanzig, zwei...: „Vater" – da ist die Glocke! Ding ding ding dong – „... der du bist im Himmel ..."

Das war wie gesagt der Normalfall. Der Sonderfall war die Beerdigung. Und damit komme ich auf das Kohles-Eck zurück, gegenüber (wir sitzen ja noch immer am Schloßportal auf der Brüstung). Das Problem bestand darin, daß wir auf dem Friedhof – wir sind vorhin daran vorbeigegangen – keine Glocke hatten; andererseits jedoch durfte, wer gestorben war, erwarten, daß er mit Schlußgebet und „beläutetem" Vaterunser zu Grabe getragen wurde. Was also tun?

Im Grunde war die Lösung ziemlich einfach – und zugleich ganz schön raffiniert. Am Grab, auf dem Friedhof, steht ein Läutbub, sagen wir Mannsheiners Gerhard (Mannsnickel würden ihn auch einige nennen – und ganz offiziell heißt er Herbert). Am Friedhofs-

Ausgang, oberhalb von Ehrlitzers Gärtnerei, ist Müllersch Rudi postiert. Bei Kohles am Eck, ein paar Schritte in die Straße hinein, warte ich. Vor der Kirche, am Haus der Kosa, Krauß Gerhard. Oben am Fenster schließlich, neben dem Aufgang zum Läutboden, sitzt Klaus Wodtke (ich meine Schönfels) – alle natürlich mit Blick- bzw. Signalverbindung. Und wenn es nun am Grab hieß: „... durch Jesum Christum, unseren Herrn" – dann ging, im wahrsten Sinne des Worts, die Post ab. Risikospiel! Keiner konnte es sich noch leisten, auf die Ewigkeit zu warten – weder auf die erste noch auf die zweite. Mannsheiners Gerhard winkt Müllersch Rudi, Müllersch Rudi fuchtelt mir, ich wedle für Krauß Gerhard, der hebt die Hand zu Klaus Wodtke, Klaus Wodtke reißt die Bimmel – da springen Hartmut Schmieder und Wolf Dora den Glockenstrang an! Auf dem Friedhof murmelt eine schwarze Trauergemeinde: „Vater unser ..." – und die Glocke läutet.

Die Welt ist in Ordnung, die Welt des Dorfs lebt – auch wenn es jemand für immer verläßt. Wer die Glocke hört, auf dem Hof, beim Schweinefüttern, beim Kleeaufbocken draußen auf dem Acker oder beim Wäscheaufhängen im Garten – hält ein paar Sekunden inne. Ein Vaterunser-Läuten am frühen Nachmittag: es kann nur eine Beerdigung bedeuten. Außerdem weiß sowieso jeder, um wen es sich handelt. Auf dem Dorf, meinem Dorf, geht keiner unbemerkt davon, stirbt niemand unbetrauert. Auf dem Dorf gehört das Sterben zum Leben. Das letzte Bimmelzeichen gilt einem selbst. Wohl dem, der noch nicht elektrisch zu Grabe geläutet wurde!

Von Kohles, die letzten Schritte über den Marktplatz, zum Pfarrhaus. Sind es wirklich nur zwanzig Meter, dreißig? Es sind. Der Marktplatz – war er nicht einst riesengroß? Er war. Die Plätze und Gäßchen sind eingeschrumpft wie die alten Leute. Das Pfarrhaus, öffnete es mir nicht am rasselnden Kettenzug eine Ewigkeit lang seine freundliche braune Eichentür, auf der unsichtbar eingekerbt war: zu Hause?

Wer die verschiedenen Abschnitte seines Lebens zwischen Kindheit und Alter an ein und demselben Ort wohnen bleibt, dem verwischt das Vergangene sich unmerklich durch die stets neue Gegenwart. Die Veränderung von Nachbarn und Straßen, das Erwachsenwerden und Altern von Menschen, der Wechsel von Lärm und Geschwindigkeit – Wahrnehmung und Gedächtnis verschmelzen alles miteinander. Als wir fortgingen von Zeilitzheim, war ich noch keine dreizehn. Mit der Tür zum Pfarrhaus habe ich den Ort zugeschlagen wie ein Buch, das Buch Kindheit. Vierzig, fünfundvierzig Jahre älter geworden, gehe ich durch eine fremde, zugleich vertraute Heimat. Wenn ich die Augen schließe, sehe ich das Dorf hinter dem Dorf von heute, höre seine anderen Geräusche, rieche seine vertrauten Düfte. Das Dorf ist im Kopf, mein Dorf ist in den Sinnen.

Da steht das Kriegerdenkmal mitten auf dem Platz: so grau und starr blickt der Steinkopf, daß wir ihn meiden beim Spielen – und selbst sein umzäunter Ziergarten bleibt tot. Der Pumpbrunnen daneben mit seiner vieleckigen Holzverkleidung, von deren abblätterndem Graublau herab Raiffeisen wirbt und die CSU sich für die erste Bundestagswahl empfiehlt („Christlich Uniale Sozion“ lese ich als Kind). Vater Hellinger, ein starker, jähzorniger Mann und mit diesen neuen Verhältnissen noch keineswegs versöhnt, tritt mit einem Eimer aus der Behelfswohnung im Rathaus und setzt den ächzenden Schwengel mit dem abgewetzten, schweren Messingballen daran in Bewegung. Über den Wasserstein bricht ein kräftiger, grober Strahl herein, als würde ein Ochse schiffen (das ist schon kein „Brunzen“ mehr ...). Drüben an der Viehwaage, vor Schömigs Hof hält Helmut Knies zwei Kälber am Strick. Auf der Sonnenuhr an der Rathaus-Wand schiebt eine rostige Eisengräte die trägen Mittagsstunden über den Hufeisen-Bogen der Ziffern. Ich, nach dem samstäglichen Straßekehren, sitze auf dem Steinbänkchen vor unserem Haus – ja, die Steinbank, wo ist sie geblieben?

Stein ist mehr als bloß Material. Stein ist ewige Natur. Der Steintrog vor unserer Waschküche setzt Moos an, das vom Moos im Steingarten sich kaum unterscheidet. Am Steintisch im Freien Kaffee trinken, Lindes natürlich (mit den blauen Punkten) – welch ein steinzeitliches Vergnügen! (Die dicke Haube, die der Kanne dabei übergestülpt wurde wie ein Morgenmantel, gehörte für mich so selbstverständlich zum Mahl im Garten, daß ich noch Jahre später annahm, beim Frühstück im Eßzimmer wäre die gleiche Praxis nicht etwa physikalisch sinnvoll – wie bei den wollenen Zipfelmützen der Eierwärmer – sondern diente einzig und allein der Vorfreude auf den Kaffee im Freien …)

Auf dem Steinbänkchen also vor dem Pfarrhaus sitze ich und meine baumelnden Beine berühren fast schon den Boden. Wir haben Samstagnachmittag vor Palmsonntag, dem Tag der Konfirmation. Wo ein Konfirmand wohnt im Dorf, liegt Grünes gestreut. Oder es stehen zwei frischgeschlagene Fichten am Tor, mit weißen und lila Papierfliegen geschmückt wie die Bäume am Kirchenportal auch. Es ist ein Fest! Ganz Zeilitzheim riecht nach Braten, das läßt sich gut schnuppern. Alle Straßen und Gassen duften nach Kuchen, das gefällt mir noch mehr! Und oh Wunder! Von allen Kuchen aller Konfirmanden bekommen Pfarrersch – also wir! – ein Stück gebracht, wie bei Hochzeiten: Kaseblootz, Streuselkuchen, Zwätschgablootz, Öpflkuchn, Granz (ein paar Jahre nach dem Krieg sogar schon wieder Torte).

Ich sitze auf der Steinbank, warte, ganz zufällig, und mache sozusagen die Abnahme. Innerlich habe ich natürlich genau Buch geführt, wer schon da war, wer noch zu kommen hat und vor allem womit: Lindwurm – ein riesiges Stück Streuselkuchen, Graf

– Gesundheitskuchen und ein Blech „Käseplatz“ (Käsekuchen, wie man das dem Fremden übersetzten müßte). Wohlgefahrt – naja, Flüchtlinge. Und Müllers Manfred – wo bleibt der? Wehe, er drückt sich!

Aber Müllers Manfred kommt. Kommt so sicher wie das Amen in der Kirche. Wie der gelbe Postbus um halbsieben, Weihnachten und Ostern. Wie das nächste Frühjahr mit den Weidenkätzchen am Bach, der warme Sommer und die Garben auf dem Feld. Im Dorf geht alles seinen Gang. Frau Scheuring wird weiter aus der Tür treten und nach Neuankömmlingen Ausschau halten, Bäcker Scherer die Nickelbrille bedächtig aufsetzen und meine Botschaft unterschreiben – selbst wenn seine letzte Glocke längst geschlagen hat, pünktlich bestellt von Mannsheiners Gerhard, Eike Eitschberger, Hilmar Spiegel und all den anderen. Das Dorf im Kopf ist unsterblich.

Müllers Manfred kommt – natürlich kommt er, ein rotkariertes Leinentuch über die Kuchenpracht gebreitet. Und grinst. Lüpft den Tuchzipfel und läßt mich einen Blick auf seinen „Zehnten“ werfen. Was sehe ich? Ich sehe ein gebratenes Hühnchen: „Müllers Vieh“.

Ich hätte darauf kommen können. Hühner – sie sind Müllers Vieh. Prächtig genährt vom andauernden Aufpicken der Körner, die beim Abladen des Korns aus den Säcken fallen und den Mühlenhof bestreuen. Geschlachtet endlich zur Konfirmation von Müllers Kindern, jawohl! Aber – warum soll Müllers Vieh dann selten gedeihen, gar so selten wie Pfarrers Kinder, denen Müllers Kinder zur Konfirmation gebratene …? Irgendetwas ist auch an der Erklärung faul. Das Dorf, es will sein Rätsel nicht preisgeben. Noch nicht.

Die Hunde bellen („gauzen“ sagen wir in Zalzem). Pfarrers Kinder und Müllers Vieh ziehen weiter. Wer? Wieso? Wohin? Auf unserem Dorf schickt man jemand, der Bescheid sagen soll, so: „Geh nauf zum Dings / Und sooch zum Dings / Der Dings soll ro / Sonst läfft em Dings sei Dings davo …“

Irdische Paradiese

„Eins, zwei, drei, vier, fünf, sechs, sieben, acht, neun, zehn, elf, dreizehn – nein: elf, zwölf, dreizehn ..." Bis zwanzig zählen ist keine einfache Sache, wenn man noch nicht in der Schule ist. Ich stehe in unserem Hof, mit dem Rücken zum Steingarten, einen Arm gegen die breite Kellertüre angewinkelt, als Polster für den Kopf und zugleich zur Abdunkelung der Augen. Ich muß laut zählen, warten und darf nicht aufschauen, während die anderen sich verstecken. „Siebzehn, achtzehn, neunzehn – zwanzig!" Die „Zwanzig" muß man laut in die Gegend rufen, als Warnsignal und natürlich außerdem, um denen, die sich versteckt haben, Angst zu machen: aufgepaßt; gleich finde ich euch!

„Versteckerles": kann es einen idealeren Ort dafür geben als das Dorfpfarrhaus mit seiner Vergangenheit als Bauernhof? „1724" steht als Erbauungsjahr stolz über unserer Eingangstür. Daß der damalige Besitzer auch Wein anbaute – bis heute kann man es an den schweren Bohlen im Keller sehen, an dessen Rundportal ich jetzt lehne. Im Amtszimmer von Vater war am Fußboden eine quadratische Platte markiert, in die man einen Eisenring eingelassen hatte. Wenn man sie lüftete, jedenfalls früher, konnte man Fässer an einem Flaschenzug aus der Tiefe ans Tageslicht hieven (oder eben versenken). Man muß sich das vorstellen: das Amtszimmer des Vaters, in dem ihn niemand von uns stören durfte, wo die Leute aus dem Dorf einzeln hineingingen vor dem Abendmahl und immer herauskamen mit ernsten Gesichtern, vorn übereinandergelegten Händen – und dann das! Fehlte nur noch, daß Schweine auf dem Hof herumgrunzten und Kühe ihre Fladen da fallen ließen, während Vater im schwarzen Talar mit gemessenem Schritt ...

Aber nein. Nicht einmal von den Älteren im Dorf erinnert einer sich an die Zeit, als im Pfarrhaus mit Rüben und Vieh oder Wein gewirtschaftet wurde. Längst schon stehen Schweinekoben, Kuhstall und Heuschober praktisch leer. Nur ein paar Hühner nicken und picken im Hof herum, stolzieren arglos um den Holzpflock – ptok, tok, tok, tok, tok – und in den Kästen neben dem Komposthaufen wittern die Nasen samtiger Kaninchen durch den Maschendraht, ob ihre Stunde schon geschlagen hat. Die große Scheune ist abgetrennt und verpachtet. Dann gibt es noch einen riesigen Garten mit Laube und Sandkasten, daneben die Waschküche sowie eine geheimnisvolle Dörrkammer. Und, wie ich schon sagte, den tiefen dunklen Kohlenkeller, an dessen Tür ich lehne und zähle.

Halt! Bin ich denn nicht fertig? Langsam, immer langsam. Wer fertig gezählt hat, ist längst nicht fertig. Man muß einen Spruch hinterherschicken – so verlangt es unsere Regel, mehr: der Ritus. „Eins zwei drei vier Eckstein / Alles muß versteckt sein / Vor mir gilts nicht, hinter mir gilts nicht / Eins zwei drei – ich komme!"

Jetzt kann es losgehen. Wo mögen sie sich versteckt haben, Dollingers Kurt und Helga Reuter und Klaus? Auf dem Waschküchenboden? Nein. Unter der Zinkbadewanne? Bestimmt nicht. Im Hühnerstall? Da waren sie doch vorhin. Im Haus? Das wird es sein! Im Keller? Den – hebe ich mir bis zum Schluß auf, keine angenehme Sache. Aber auf dem Boden, ganz oben, da sind sie, todsicher. Und vor dem Boden habe ich keine Angst, im Gegenteil. Leise schleiche ich hinauf in den ersten Stock, ziehe die Schuhe aus; vorsichtig, ganz still geht es die breite Treppe hinauf unters Dach.

Da stapelt und steht sie, diese Ansammlung merkwürdigster Geräte, Behälter, Möbel und Textilien, Schränke, Kisten und Kasten, Kleiderkoffer und Aktenkartons, Zeitungsstapel, Liegestühle, Küchengeräte und alte Ziegel. Es kann niemand geben, der nicht hier niederkniet und zu wühlen beginnt in den Truhen und Schubladen, zu blättern in den vergilbten Büchern und die toten Fliegen betrachten, die auf dem Sims unter der Dachluke auf dem Rücken liegen. Vergessen die Zeit, Versteckspielen, die andern … Ich bin eingetaucht ins unendliche Reich der Vergangenheit.

Auf dem Speicher meiner Kindheit, oben unterm schrägen Balken, wuchtet, staubig und spinnwebverhangen, eine große alte Truhe aus Eichenholz. Ihr schwerer zentimeterdicker Boden macht sie unverrückbar. Ihre kunstvoll verleimten Seitenwände, durch Eisenbeschläge vernietet, schützen den rätselhaften Inhalt gegen das ohnehin spärliche Tageslicht. Nicht durch ein plumpes Vorhängeschloß ist die Truhe gesichert noch durch einen rostigen Riegel oder auch nur einen Riemen aus brüchigem Leder. Denn was verwahrt ist in ihr an Schätzen aus längst verblichener Zeit, bleibt unsichtbar. Ein Fremder, der auf dem Dachboden stöberte, nähme nichts anderes wahr als einen leeren grünen Kasten. Der Speicher kennt keine andere Zaubertaste „memory“ als Auge, Nase, Ohr.

Die Truhe Kindheit öffnet sich allein dem einzelnen, einzigen Gedächtnis für die Farben des Frühsommers, für das Geräusch von Fuhrwerken auf der Straße, den Geschmack der verbotenen Früchte, den Geruch des Dreschens oder der Maikäfer. Diesem, dem Duft der Erinnerung vor allem anderen, erschließt die Vergangenheit sich noch einmal einen schmalen Spalt breit, erlaubt einen Augenblick lang, den unschuldigen nackten Fuß zu setzen ins verlorene Paradies: süßer erkalteter Brandgeruch zwischen verschmaucht-verkrusteten Dörrobst-Rosten … Die trocknende Schiefertafel nach der Reinigung mit dem an ihr baumelnden Naturschwamm … Das mit Hühnerkacke verklebte alte Stroh an den noch nestwarm aus dem Stall geholten Eiern (und zwischen ihnen das schwere Gipsei, das das Geflügel anregen sollte) … Oder das von ungelüfteten Schränken und verschossenen Plüschdecken getönte Pastillen-Wässerchen-Gemisch im verhangenen Schlafzimmer der warzigen Frau Guggenberger, während sie in zierlichen Porzellandosen nach Konfekt sucht …

Schnapp – da sperrt der Deckel der geheimnisvollen Truhe sich von selbst auf, klappt ächzend in die Höhe! Aus dem Verlies der Vergangenheit purzeln lautlos die Bausteine eines versunkenen Atlantis: schmucke Spielzeughäuser mit roten Ziegeln und Pfannen obenauf, dem Weinranken-Spalier bis zum Giebel, ein spitzer, schiefergedeckter Kirchturm mit dem aufgepiekten Goldballon, die dicke gemütliche Steinbrücke mit Bach und den gelb ins Wasser hängenden Weiden. Da kommt noch ein Fußballfeld dazugesegelt, mit zwei rotweißen Maschendraht-Toren und dem lehmig-zertrampelten Elferraum, Wäldchen und Weiher daneben – die Mühle, der Hohlgraben mit den Schlehenhecken, Ziegelei und heller Marktplatz mit der Sonnenuhr am Rathaus nicht zu vergessen. Dann Holunderbüsche, weiß und giftig lila, Erbsenfelder, bunte Wicken, kreischende Gartentore, die Kirchenburg mit Schießscharten und Spatzennestern, dampfende Misthaufen, knarrende Leiterwagen. Von der Kirchturmuhr her, in die Mittagsstille, schlägt es „eins".

Da hast du deine Bauklötze, dein buntes Kinderspielzeug! Bau es auf, das Dorf deiner Kindheit für Augen, Nase, Mund, Ohren und Hände! Aus dem Wärmegedächtnis laß wiedererstehen die verwilderten Gärten verborgener Ängste und Lüste! Eine laue Sommernachmittagsstunde lang, die von den güldenen Zeigern träge abgewandert wird auf dem grauen Ziffernblatt überm Schallloch, sei Spielmeister! Laß die Häuser tanzen, die Kühe, Ochsen, Pferde und Hunde, die spitzklirrenden Eggen und die vielbogig scheppernden Rechen, die schwankenden hohen Erntewagen, Schäfer Hümmers zweirädrigen Pferchkarren wie den puffenden gelben Postomnibus – und dich und alle Kinder zwischen ihnen!

Wenn ich von auswärts in unser Dorf komme – damals nach einem Ausflug und heute jedesmal neu – dann ist es zuerst ein schiefergedeckter spitzer Kirchturm, bald sind es einige ziegelrote Häuser drum herum. Bin ich aber zu Hause, im Dorf, dann bin ich im Haus. Und das Haus ist ein Garten. Meine Kindheit ist ein wilder bunter Obstgarten und wir tummeln uns in ihm, nackt und zu vielen Kindern.

Es hat mir von jeher gut gefallen, daß die Bibel das Paradies als Obstgarten ausmalt und daß Adam und Eva „nackig" darin Verstecken spielen vor dem lieben Gott. Zwar, Adam Kohles konnte ich mir irgendwie nur schwer vorstellen, wie er nackend durch die Himbeerstauden streift und die Johannisbeer-Träubchen abzupft – und er war schließlich der einzige Adam, den ich kannte im Dorf. Aber erstens wußte oder ahnte ich bereits, daß das Nackt-Spielen strikt auf unseren Garten beschränkt war (die Leute tuschelten gern über diese Freizügigkeit, die wohl aus der Missions-Heimat der Pfarrfrau in Afrika stammte). Zweitens gab es bei uns auch keine Eva weit und breit, so daß ich ohnehin annahm, es müsse sich um einen anderen Adam handeln (zumal der im „Kleinen Gottbuch" abgebildete, mit nichts als Feigenblättern an, dem von Kohles kein bißchen ähnlich sah).

Jedenfalls aber hatte sich die Überzeugung, daß es sich beim Paradies um eine Art überirdischen Obstgarten handeln müsse, zweifelsfrei in mir festgesetzt. Und als ich, fünfjährig, zusammen mit dem Vater die Altardekoration für das Erntedankfest am Samstag vorbesichtigen durfte, da schien es mir nachher sonnenklar: „… und Äpfel und Tomaten hat der liebe Gott!" (So im Ton „mein lieber Scholli!") Mehr gab ich den Spielkameraden nicht preis.

Der Garten unserer Kindheit war das Paradies. Besser freilich sollte ich von „den Gärten" sprechen. Denn schon allein daran konnte man den paradiesischen Überfluß erkennen, daß wir gleich drei Gärten hatten: den Steingarten, den eigentlichen und den „unteren“ Garten. Wobei als das Interessanteste am Steingarten für uns Kinder nicht Laube oder Zierpflanzen galten. Das Wichtigste war vielmehr der Haselnußbaum: zuerst, klar, seiner Nüsse wegen, die man schon im Frühjahr aus ihrer gezackten grünen Hülle puhlen und mit einem Backstein aufschlagen konnte, um sie halbreif zu verspeisen. Dann aber und vor allem wegen der Maikäfer („Maiekafer“), die das junge Hasellaub aus irgendwelchen nur ihnen bekannten Gründen allen anderen Blättern vorzogen. Und wenn man an den Zweigen schüttelte und fest gegen den Stamm trat – abends natürlich, wenn die Brummer dösten – dann prasselten sie mitunter geradezu auf die Steinplatten im Hof und wir brauchten sie nur aufzulesen, um sie in unsere belüfteten Käse- oder Zigarrenschachteln zu stecken: den „Schornsteinfeger“ mit dem schwarzen Rückenschild, den „Bäkker“ mit dem braunen und den „Müller“ mit den weißen Härchen.

Moment mal! Sagte ich „Müller“? Bin ich nicht auf der Suche nach „Müllers Vieh“? Ja, „Müllers Vieh“ (im Genitiv) – der Maikäfer aber, um den es hier geht, ist selbst der Müller. Jedenfalls in jener Kinder-Fachsprache, mit der wir unseren Tausch organisieren: einen Bäcker gegen einen Schornsteinfeger – oder eben das seltenere „Rotkehlchen“ gegen, na sagen wir zwei Müller. (Die Suche nach „Müllers Vieh“ geht also weiter.)

Inzwischen sind wir aus dem Steingarten in den „richtigen“ Garten gekommen, der für die Erwachsenen sicherlich zu beschreiben wäre durch Wege und Zäune, Nutzpflanzen, Küchenkräuter und Blumen. Für mich ist er schnell eingeteilt in Obstgegenden und Geschmacksrichtungen: der süße Wein an der Kirchenburg-Mauer links, die Monatserdbeeren neben der Backsteineinfassung rechts, über die sich der giftig-violette Holunder biegt. Vorne am verklemmten Hoftor der alte Mirabellbaum, zu dem man über den rostigen Drahtzaun hochklettern muß: denn natürlich schmecken nicht die weichen Früchte am besten, die im August von selbst abfallen (ganz abgesehen davon, daß man sie sich oft genug mit den Würmern teilen muß) – das Beste sind vielmehr die noch etwas hellgelb-grünen, die härteren, das weiß doch jedes Kind. Und daß man davon Durchfall bekommt, das steht auf einem anderen Blatt (vielleicht sogar im buchstäblichen Sinn). Wollen wir hier ein Paradies genießen oder richten wir uns danach, was gesund ist?

Da wir gerade dabei sind, ich meine beim Durchfall: bei Himbeeren und Brombeeren lag das ein bißchen anders – und lief auf dasselbe Ergebnis hinaus. Natürlich schmecken sie reif, ja überreif am besten. Aber daß sie dazu so ewig lange brauchen, es kann nicht normal sein! Wenn ich sie halbreif abpflückte, war das doch schon eine Art Kompromiß. Daß die Hecken abseits lagen, im Hof, und man nur über ein Mäuerchen zu ihnen gelangen konnte, machte die Sache um so anziehender. Unreifes Obst jedoch, das galt für Mirabellen ebenso wie Himbeeren und Brombeeren, blieb bei uns streng verboten. Es war eben alles wie in einem echten Paradies, mit eitel Wonne und Sonnenschein auf der einen Seite – mit verbotenen Früchten und der zugehörigen Strafe auf der anderen. Ich weiß nicht, wie oft ich ausgewiesen worden bin aus dem Brombeerparadies mit Schimpfe und mit Schlägen auf den Hosenboden. Zurück kehrte ich immer und immer wieder. Und wenn ich auch heute Mirabellen und Brombeeren am liebsten mag, solange sie noch ein bißchen hart sind und grün – vielleicht gar nicht, weil sie mir außergewöhnlich gut schmeckten, sondern weil sie mich an damals erinnern, an die Paradiesgärten von Zeilitzheim.

Was im biblischen Paradies der Apfel bedeutete, das galt in unserem Garten für die Birne. Unser Birnbaum war alt, haushoch und trug jeden Sommer riesige Früchte in Hülle und Fülle, gelb mit braunen Sprenkeln. Der Baum wölbte sich zur Hälfte über den Heuschober und hing mit einem seiner stärkeren Äste hinüber in den Hof der Nachbarn Kost – da begannen unsere Sorgen. Denn was zu Kosts hinunterfiel, das zermatschte zu Birnenmus; über das, was auf dem flachen Dach des Schobers liegenblieb, fielen die Wespen her, die sich für den Birnbaum ähnlich einseitig und fanatisch interessierten wie die Maikäfer für den Haselnußbaum. Also mußten wir ja auf das Schoberdach klettern durch die schmale Luke, was andererseits wieder streng verboten war. Wenn man dann auf den bemoosten Dachpfannen saß und mit den Wespen um die Birnen kämpfte, da konnte man schon manch einen Stich abbekommen. Aber es empfahl sich, die Zähne zusammenzubeißen, schnell die Früchte hinunterzureichen durchs Fenster und mit dem Wimmern nicht eher zu beginnen, als bis man wieder im Schober angelangt war – sonst gab es nämlich außer dem Stich noch auf den Hintern, die „Wemse“ (wie es bei uns auch hieß) zur Wespe obendrein.

Brombeeren, Himbeeren, Mirabellen, Monatserdbeeren, Weintrauben, Äpfel und Birnen: unzählige Früchte wuchsen im Garten hinter dem Haus. Dazwischen reckten sich die Margeriten und baumelten die Fuchsien, Phlox flammte auf in bunten Blüten und Goldlack regnete darüber. Doch eigentlich lag die Lust des Gartens in der Vielfalt seines Gebrauchs: mit einem Sandkasten unter wildem Wein, Steintisch und Laube, mit Salat im zerbrechlich verglasten Winterbeet, dem haarigen Borretsch und dem luftigen Schnittlauch dazu.

Den ganzen Sommer über stand am Apfelbaum die lange Zinkbadewanne da zum Plantschen und als Becken fürs Gießen. Mit dem kleineren Bottich paddelten wir auf der ehemaligen Mistgrube, in der jetzt das Regenwasser stand, mit Kurs auf die Schatzinsel. An einer Ausbuchtung des Gartens wucherten die Sträucher so störrisch über rostigem Gerümpel, daß keiner von uns je diese verwilderte Nische gänzlich erforscht hätte. Selbst der zivilisierte Teil unseres Gartens erstreckte sich so weitläufig, daß wir einige Male die farbigen Eier, die an Ostern zwischen den Blumen versteckt wurden, erst im kahlen Spätherbst wiederfanden.

Der eigentliche Paradiesgarten aber, der aus einem Park von Bäumen und Sträuchern, Beeten und Äckern bestand, war dreimal so groß, dazu um ein Vielfaches bunter und reichhaltiger. Und weil man zu diesem Teil des Paradieses ein paar Stufen hinabsteigen mußte und die Jüdegass überqueren, nannten wir ihn den „unteren" Garten. Wenn man seine selbstverständlich ebenfalls rostige und verklemmte Maschendraht-Tür aufgestoßen hatte („Ich der Vornerste!" blieb dabei meine beharrlich vorgetragene Forderung) – dann war man mit einemmal umfangen von einem Summen und Brummen, Zwitschern und Zirpen, als hätte man einen Orchestersaal betreten. Über Tomatenstöcken flittern Kohlweißling und Zitronenfalter, in den Bäumen pfeift die Blaumeise und aus dem Gemäuer tschilpen die Spatzen. Der untere Garten, das ist ein Meer von Gerüchen und Geräuschen, ein Wogen von Blättern, Gräsern und Ranken, ein Rummel- und Tummelplatz von Käfern und Insekten, Würmern und Raupen.

Es ist eben nicht nur eine Frucht, die man essen kann, aus diesem Dickicht – einen Apfel, eine Zwetschge, eine Kirsche. In einer Frucht, die man ißt, aus diesem Luxus-Märchengarten, verschlingt man gleichzeitig alles andere mit, was er enthält: die roten Johannisbeeren, die etwas saureren, und schwarze, aromatischsüß, ja sogar die weißlich-durchsichtigen, die meist ein bißchen geschmacklos bleiben – die Stachelbeeren dann, auch rötliche und eher grün-gelbe, Pflaumen, Weintrauben, Frühäpfel und die glitschigen Ringlo (deren gebildeter Name, „Reineclauden", doch so gar nichts mehr enthält von ihrer runden fleischigen Süße).

Dazwischen wieder die Bohnen, die an den Stangen emporzüngeln, flatterhafte Erbsenstauden, Kohlköpfe, Kartoffeln und die geheimnisvollen Erdwälle mit dem Spargel, dessen fahle Stengel in aller Frühe mit dem Vater buchstäblich zu entdecken, durch Tasten und Grabschen im Erdreich zu erfühlen, zu den größten Lüsten gehört (ausnahmsweise mal ohne die des Verzehrs).

Zaubergarten, Irrgarten, Obstgarten – kann da jemanden wundern, daß ich noch jede Menge vergessen habe zusammenzuklauben an Kraut und Rüben, Beeren und Früchten? Die blauen Träubchen an der Scheunenwand, die schon ein bißchen nach Rosine schmecken und Weihnachten, die hellen prallen Weichseln kurz vor dem „Booch" (und vielleicht deswegen immer ein bißchen wässerig?) – mit dem besonderen Vergnügen, sie sich als „Zwillinge" über die Ohren zu hängen und ihre Kerne durch die Gegend zu schießen. Oder die orangenen Kürbisse, die auf ihre Aushöhlung warten bis Martinstag und dann so gruselig aussehen mit Kerzenlicht darin. Die Pfirsiche schließlich im oberen Garten, hart zwar zum Auseinanderbrechen, aber doch selbst gepflanzt hinter der Waschküche ebenso wie der Walnußbaum von Klaus dicht daneben. Ja und die Quitten mit ihrem samtigen Pelz über der klobigen Form, ihrem Rätsel von Ungenießbarkeit und faszinierendem Geruch, dessen Magie sich vom Vater auf mich vererbt zu haben scheint, das geheimnisvollste Obst bis zum heutigen Tag.

Eine Frucht aber, die habe ich nicht vergessen – niemand, der sie in diesem irdischen Paradies genossen hat, das schwöre ich, wird sie je vergessen! Nein, diese Frucht habe ich mir nur aufgespart bis zum Schluß, so wie wir sie uns eingemacht aufsparten bis Weihnachten, manchmal sogar bis Ostern. Und obwohl ich nicht selten ans Eingemachte ging, ganz wörtlich, das zu verlokkend und griffbereit im Regal stand hinter der Kellertür – und ich naschte und füllte das Glas wieder mit Wasser auf und bezog meine Schläge dafür mit ein paar Wochen Verspätung: an dieser Sorte habe ich mich nie vergriffen, sie stand über jeder Gier. Sie darf als Königin aller Früchte gelten, als Allerheiligstes des irdischen Paradieses – rot und süß und spitz und rund zugleich, saftig, fest, voller Aroma und Duft, aus tausend kleinen Perlen zusammengesetzt, die nur die Zunge wirklich wahrnehmen kann, und gekrönt mit einem grünen Kranz. Es ist – erraten! – die Erdbeere.

Die Erdbeere, darin trafen wir uns alle – Eltern und Geschwister, Spielkameraden und Gäste – sie ist die Paradiesfrucht. Niemand wollte sie je unreif verspeisen, keiner sie bloß alleine zu sich nehmen. Die Ankunft der Erdbeeren auf ihrer Reise aus dem himmlischen Garten zum irdischen hat etwas Heiliges. Ihre erste Ernte, meist im späten Juni, ihr gemeinsames Verspeisen am festlich gedeckten Steintisch – sie konnten nur feierlich begangen werden. Da genügte es natürlich nicht, sie einfach zu pflücken und dann wegzuputzen mit einem beiläufigen „Oh, wie gut wieder!" oder auch „Mhm, die schmecken halt doch!". Die Erdbeeren wurden begrüßt wie Gäste von einem anderen Stern, vielleicht wie Kolumbus von den Indianern oder früher einmal der Kaiser von seinen Untertanen in der Provinz. Und zwar mit einem Lied, das der Vater eigens für diesen liturgisch nicht vorgesehenen Anlaß gedichtet und komponiert hatte. Wir, die Familienmitglieder, können es alle noch bis heute (und manchmal muß ich an mich halten, daß ich es nicht laut singe, wenn ich die neuen Früchte zufällig als Nachtisch in einem Restaurant serviert bekomme): „Nun gibts die ersten Erdbeern wieder / Jetzt sind sie wieder da / Da freun wir uns und singen Lieder / Die Erdbeern hoch! Hurra!"

War der Garten unser irdisches Paradies – das Dorf, es war ein Spielplatz, ein einziges Spieldorf. Nicht, daß jemand jetzt denkt, das ganze Dorf sei so verspielt gewesen, daß die Bauern am hellichten Tag in der „Sonne" saßen und Karten spielten, vielleicht kegelten im „Hirschen". Oder daß Bäcker Scherer die Brötchen in die Luft geworfen hätte beim Formen und der Gogs auf den hölzernen Bierfässern balanciert, die er vom Pferdegespann ablud und in den „Stern" rollte. Ich meine, für uns Kinder war es ein Spieldorf – und die Erwachsenen störten uns nicht allzusehr, sie arbeiteten sozusagen recht behutsam. Der Mannsnickel oder der Kotzer, die fahren ihre Futterrüben ein. Der Bachgeißel holt seinen großen Rechen vom Schmied. Und Stahlers Oskar schafft den dampfenden Mist hinaus aufs Feld. Wir Kinder rennen zwischen den Fuhrwerken durch beim „Fangerles" und verstecken uns auf dem Rübenwagen, bis der Bauer zu „Hüa!", „Hot!" und „Wiest!" (also „vorwärts", „rechts" und „links") seine Peitsche knallen läßt. Aber selbst sein halblautes „Lauser" oder gar „Bankert, fracher" ist nicht wirklich ernst gemeint. Wahrscheinlich weiß er selbst, daß sein Dorf ein Spieldorf ist.

Oh ja – und wie sie es wußten! Wer einmal am Sonntagnachmittag die Kegelbahn gesehen hätte, draußen beim Höhn vor der Mühle, er hätte nicht daran gezweifelt. Und da wir beim Kegelaufstellen nicht schlecht verdienten, zogen wir ausnahmsweise das Spiel der Erwachsenen einmal vor. Ich selbst habe es allerdings nur zwei- oder dreimal probiert, denn manchmal ging es ganz schön rauh zu. Schon wenn Goldsteins Baptist die Dausch warf, das ovale schwere „Mutterschwein", um „alle Neun" auf einmal vom Eisen abzuräumen, dann hieß es, sich blitzschnell in Sicherheit bringen. Vollends wenn Vogts Hans mit der Patscherkugel einzelne Kegel abzuschießen versuchte, war alles umsonst! Das kleine harte Biest von Kugel konnte so heftig gegen die mit groben Gummireifen gepolsterte Wand spritzen, daß es gar noch zu einer der Luken hinaussprang. Eigentlich war es uns ganz recht, daß die Erwachsenen sich zu ihren Spielen in die Wirtshäuser zurückzogen – ob zum Kegeln in den „Hirschen", zum Schafkopf in den „Stern" oder zum Tanz in die „Sonne".

Wir spielten natürlich überall. Andererseits gab es für jedes Spiel seine Zeit und seinen Ort. Nur Brücke und Marktplatz, die hatten immer Saison. Die (Milch-)Rampe vor dem Kindergarten zum Beispiel war der Treffpunkt für „Stadt, Land, Fluß" mit dem Ball oder auch für den Kaiser, der seine Soldaten ausschickt. Keine schöne Stelle – aber wir zogen sie nun einmal eindeutig dem Gänswasen vor, der wenige Schritte weiter geräumig und ungestört sich anbot. Genauso galt für Fangenspielen der holzverkleidete Pumpbrunnen am Marktplatz als ausgemacht. Schon weil man um ihn ebenso gut herumrennen konnte wie um das danebenstehende Kriegerdenkmal mit dem Ziergärtchen. Außerdem kam hier allerlei zusammen an Kindern. Und weil im Schloß und drum herum später die meisten Flüchtlinge wohnten, gesellten sich zu den einheimischen bald allerhand neue Spiele – mit schlesischen Lauten oder ostpreußischen Liedern, denen wir staunend lauschten.

Radfangen dann war etwas für die ein bißchen Älteren. Mochte jemand noch so angestrengt über der Längsstange des Herrenfahrrads „sägen", um die Pedalen zu erreichen: nur wer nach diesem Maß „erwachsen" war, konnte mitspielen – schräges Treten, von der Seite unter der Stange durch, galt nicht. Das Radspiel erstreckte sich um die ganze Kirchenburg herum; sogar die Treppe an der Schule vorbei war einbezogen und die Jüdegass vor allem, mit ihren Nischen und Gängen und Windungen bis zur Hauptstraße, „freihändig" dann beim Hauckebeck ums Eck.

Haucks „Sonne", das war ein bedeutsamer Ort im Dorf. Nicht nur, weil hier Tanz stattfand am Sonntag. Oder weil man die Aufstellung der Fußballmannschaft da lesen konnte, in einem Kasten neben der Tür. Und weil später doch sogar das Wanderkino hier seinen Raum hatte, mit „Tarzan", der Wochenschau und all den anderen Kostbarkeiten. Samstags schließlich luden dann Männer mit schweren Lederschürzen riesige Eisquanten ab vom triefenden Pferdewagen der Brauerei Düll, damit das Bier gekühlt werden konnte fürs Wochenende.

Der dicke Bernhardiner störte mich nicht, wenn er vor der „Sonne" seinen Pelz mitten in der Tür ausbreitete. Wir kannten ihn, er war gutmütig und zog uns sogar auf dem Schlitten (vielleicht hatte einer seiner Ahnen noch in den Alpen gearbeitet). Jedenfalls konnte man ihn nicht vergleichen mit dem dicken Köter bei Friedlein (am Ende der „Einnehmersgass"), dem er von weitem ein bißchen ähnlich sah; sobald man näher kam aber, sprang der am rostigen Tor hoch, daß man froh war über das Gitter, und fletschte die Zähne beim heiseren Bellen.

Was war die „Sonne" dagegen doch für ein gemütlicher Ort! Dabei zählte für unsereinen vor allem der betonierte Streifen vor dem großen Saal. Hier war der Platz zum Spiel mit Peitsche und Kreisel. Und hier, an Rinne und Loch zum Mannsheiner hin, befand sich der Platz zum Kügeln. Allerdings blieb der Beton unsere zweite Wahl. Der klassische Ort fürs Kügeln lag am Bach, zwischen der Brücke und dem „Colonialwarenladen" von Merkels: man konnte einfach die Erde anfassen, die Kuhlen ergaben sich natürlich aus der Erde (oder wurden mit der Ferse schnell eingedreht) und die Bodenwellen bauten Zufälle ins Geschick ein, wie es zu einem richtigen Spiel gehört.

Kügeln galt uns als das Schönste. Aber leider ist Kügeln ein Saisonspiel, im Oktober oder November zu Ende. Vom März an drückte man die Kugeln unruhig in der Hosentasche herum und fieberte dem Tag entgegen, wo die Erde wieder trocken und es draußen warm genug ist, daß wir unsere „Kücheli" auspacken und diesem herrlichen Allerweltsspiel nachgehen, nachkriechen dürfen.

Die erbsengroßen, meist pastellfarbenen Tonkügelchen gelten eins. Sie sind so etwas wie die häßlichen grauen Entlein des Spiels, ein bißchen minderwertig – was sicherlich auch damit zusammenhängt, daß man sie bei Kohles in der Tüte kaufen kann (und was ist das schon für ein Gewinn, der ebensogut für Geld zu haben ist). Dann gibt es da die glänzenden Nickelkugeln aus den Maschinen-Kugellagern, Mitbringsel einzelner Arbeiter, die beim Kugel-Fischer schaffen in Schweinfurt. Diese Metallnen wirken zwar edel; aber da sie ihres Gewichts wegen schwer zu schnelzen sind und leicht zu weit laufen, gelten sie meist nur zwei oder drei.

Schließlich gibt es noch etwas ganz Besonderes, nämlich gläserne Amikugeln aus den „Katzenaugen" ausgemusterter Jeeps und Trucks – auch sie mitgebracht aufs Dorf von ein paar Männern, die bei der Army arbeiten, in Schweinfurt oder Würzburg. Es sind märchenhafte Klunker, gelb und rot (zwei Sorten), groß und durchsichtig wie pralle Weinbeeren; sie gelten natürlich fünf. Wieviele mögen wohl im Spiel sein bei uns, vierzig oder fünfzig? Sicherlich kaum mehr. Also schmerzt ihr Verlust erheblich und löst ihr Gewinn Triumphgefühle aus. Bis heute weiß ich den Ort, hinten in der Gasse bei Haupts, und den Tag, regnerisch und kurz vor dem Abendessen – damals verlor ich gleich drei oder vier Amikugeln hintereinander an Jürgen Hellinger. Oh, war mir elend zumut!

Aber halt, noch ist die Rangordnung nicht vollständig! Es gibt da ein Unikum, eine ganz besondere Dorf-Spezialität, sozusagen ein Kügel-Monster: eine riesige Glaskugel voller bunter Schlieren, die mir seinerzeit fast so stattlich erschien wie der Goldballon auf dem Kirchturm (und vielleicht genauso wertvoll) – dabei hatte sie in Wirklichkeit wahrscheinlich gerade mal die Größe eines Tischtennisballs. Aber was bedeutet schon schiere Wirklichkeit gegen unsere bunte Phantasie? „Die Alte" oder auch „Gläserna" –

so hieß die prächtigste aller Kugeln (ein bißchen abgegriffen und angestoßen war sie übrigens auch). Daß sie zwanzig galt, es war zwar sehr viel, dennoch ein rein erdachter Wert; wir hätten auch hundert sagen können oder unendlich. Niemand hätte sie je tauschen können gegen zwanzig Tonschusser; auch nicht für vier Amikugeln, rot oder gelb. Die „Alte" konnte man nur erkügeln; wer sie erkügelt hatte, war ungekrönter König. Und meistens besaß Gropps Fritz sie: er war der Meister von Daumen und Zeigefinger, der Kügelkönig unbestritten.

Als ich „die Alte" einmal gewonnen und in meinem Besitz hatte einen Abend, eine Nacht, da wickelte ich sie zu Hause aus meinem Taschentuch, setzte sie vorsichtig aufs Regalbrett neben meine afrikanischen Missionstrophäen und betrachtete sie vom Bett aus bis zum Einschlafen und am Morgen beim Aufwachen: kaum zu fassen, daß sie mir gehörte! Und sie gehörte mir ja auch gar nicht, war schon verspielt am Nachmittag. „Die Alte" gehörte niemand und allen. Ungeschriebenes Gesetz legte fest, daß keiner sie zurückhalten durfte. Wie bei einem Weltmeistertitel im Boxen, der dauernd neu erworben oder verteidigt werden, immer wieder aufs Spiel gesetzt werden muß. „They never come back ..."

Ich bin vorgeprescht: noch sind die Amerikaner nicht da. Noch weht die Hakenkreuz-Fahne vom Rathaus. Noch marschieren die Männer vom RAD, vom „Reichsarbeitsdienst"-Lager, durch unser Dorf: heraus aus den Baracken oben an der Brünnstädter Straße, beim Gustl Schörsch (Dreschers Georg) dann den Berg hinunter über die Brücke, die Hauptstraße rauf am Schloß „rrrechtsum", und angetreten auf dem Marktplatz – vor dem Kriegerdenkmal sinnigerweise, auf dessen Sockel wir vertraute Namen buchstabieren lernen: Niedermeyer Alfons, gefallen bei Verdun 1916 – Pröschel Heinrich, vermißt in Rußland 1915 – Krauß Albert † 1918. Knies, Berger, Herbert, Schranz, Dorsch, Dollinger ...: viele Namen sind eingekerbt, rot nachgezogen. Aber es ist auch noch viel Platz auf dem grauen Stein.

„Die Fahne hoch, die Reihen fest geschlossen ..." Aus dem Lautsprecher vorn an der „Sonne" scheppert das Horst-Wessel-Lied. Die angetretenen Männer haben die Spaten geschultert und grölen mit. „Kameraden die Rotfront und Reaktion erschossen ..." Wir Kinder sind begeistert. Fahnen, Musik, Kommandos, Reden, Zeremoniell. Wir sitzen im Gitterfenster des Pfarrhauses und sehen dem bunten Treiben jauchzend zu. Es ist der 30. Januar, der „Tag der Machtergreifung", den die Nazis begehen – zum letzten Mal. Und ich werde gefeiert, darf vier Kerzen ausblasen. Das Verbrecherjubiläum geht über in den Kindergeburtstag – „Lobe den Herren" am Klavier wird übertönt vom heiseren „SA marschiert". Wir spielen in der Nachbarschaft des Schreckens, spielen am Rande des Abgrunds. Kinderspiele sind unschuldig. „Die ziehn im Geist in unsren Reihen mit." Ende, „weggetreten ..."

Es war Krieg – wir Kinder spielten Krieg: „Wer will unter die Soldaten" und „Maikäfer flieg". Als einer meiner Teddybären aufplatzte und Holzwolle verlor, galt er für mich selbstverständlich als „totalbeschädigt". Ich durfte ihn zu Frau Waldhäuser auf die Post bringen, für die Reise ins „Lazarett", wo er zu Weihnachten wieder „entlassen" wurde. Klaus und ich, wir hatten zwei große, etwas grobschlächtige Holzpanzer, die wir Tanks nannten und aufeinander losließen. Und natürlich konnte immer nur einer die Deutschen spielen, die Wehrmacht – der andere mußte der Feind sein, Ami oder Tommy, und durfte eigentlich nicht gewinnen. Längst gehörten Wörter wie Bomber und Bunker zu unserem Alltags-Vokabular, „ausgebombt" ebenso wie „evakuiert" – Spielmarken ohne Ahnung der grausamen Wirklichkeit dahinter. Auf unseren Zeichnungen häuften sich die gekritzelten Stukas, die steil und mit einer Rauchwolke hinter sich abstürzten, oder brennende JUs mit dem Hakenkreuz am Bauch, das so schwer zu malen war (immer wieder gerieten die Haken in die falsche Richtung). Wenn wir freilich Vater etwas zeichneten für den Feldpostbrief oder ein Päckchen, dann ganz ohne Flugzeuge und Tanks.

Längst war der Krieg aus der Feldpostferne in wahrnehmbare Nähe gerückt. Zunächst noch unsichtbar dröhnten amerikanische Flugzeuge am Himmel. Vereinzelt sahen wir merkwürdige Pakete aus den Wolken fallen, denen dumpfes Grollen folgte, weit weg. Einige Zeit später gab es die ersten Fallschirme zu bestaunen; immer spannender wurde es am Firmament. Die Sirenen im Dorf heulten jetzt häufiger Fliegeralarm (auch so ein Allerweltswort), nachts, wenn die Alliierten Würzburg angriffen oder Schweinfurt. Wir wurden schnell aufgeweckt, weinten wohl zuerst erschrocken, weil wir die Angst der Erwachsenen spürten. Bald aber war selbst Fliegeralarm schon Gewohnheit: raus aus dem Gitterbett, Einwickeln in die geliebte hellblaue Wolldecke, die Treppe hinunter auf Mutters Arm, vorbei am Eingemachten ab in den tiefen Keller. Da kauerten wir dann auf den Weinfaß-Bohlen oder lagen auf dem ausgebreiteten Stroh. Die Erwachsenen versuchten, uns abzulenken mit Geschichtenerzählen oder In-den-Schlaf-Singen – und lauschten dabei ängstlich auf das Brummen der Flugzeugmotoren, den dumpfen Lärm der Flak, die Bomben-Detonationen. Und nach ein zwei Stunden gab es meistens Entwarnung: Erleichterung bei den Großen, die Fortsetzung des unschuldigen Schlafs bei uns Kindern. Nur der helle Widerschein am Horizont ließ die Erwachsenen ahnen, daß man dem ersehnten Ende des Krieges wieder ein schreckliches Stück näher gerückt war.

Am nächsten Morgen schon griffen wir wieder zu den Gasmasken, mit denen man so hübsche Spiele treiben konnte. Vor allem, wenn man sie sich überstülpte und die Luft ansog, so daß sie an der Backe schlossen und die Kunststoffgläser vor den Augen sich beschlugen. Wir spielten außerirdische Wesen oder Froschmänner, wie wir sie aus dem „Guten Kameraden“ von Bildern kannten oder aus dem „Universum“. Wenn man durch den Filter sprach, das klang wie eine Sprache von alten Rittern oder Steinzeitmenschen – wenn man die angesogene Luft wieder losließ, dann schmatzte und blubberte der streng riechende Gummi zum Lachen. Und die taubenblauen Phosphormatten, gegen Brandbomben ausgegeben, benützten wir als Schild.

Selbstverständlich war uns streng verboten, mit den Schutzgeräten zu spielen. Und wenn wir sie abgenommen bekamen, wandten wir uns wieder Räuber und Schander zu oder walkten mit dem originellen „Holländer“ durch die Gegend. Bei Regen schossen wir mit den Tanks im Haus herum oder bauten das Kaspertheater auf, das Vater uns gebastelt und zu dem er selbst die schönsten Figuren geschnitzt hatte: den König mit der Goldpapierkrone, die Prinzessin mit blondem Haar und weißem Kleid. Und natürlich den Kasper mit einer langen Nase und roten Backen. Meine Lieblingsfigur aber blieb der Teufel: mit roten Augen, roten Hörnern auf dem Kopf und einem rotgesprenkelten Rock! Er war dem Vater einfach am besten gelungen, wahrscheinlich kannte er sich mit der Hölle eben besonders gut aus.

Ich glaube, Kasperle spielen fanden wir alle viel schöner als einmal im Jahr Sichverkleiden an Fastnacht (und eine Pritsche hatte Kasper schließlich auch). Mit unserem Theater konnten wir im oberen Flur vor der Speichertreppe richtige Vorstellungen geben. Zuschauer wohnten ja genügend im Haus. Und je näher der Krieg rückte, desto voller wurde es bei uns. Erst kamen Reuters aus Essen (Käthe, Helga und Klaus mit Tante Maria und Onkel August), dann zog Tante Gisela aus Frankfurt ein (mit ihren Eltern sowie einem Neffen – und ein Baby mit dem hübschen Namen Viola bekam sie auch noch). Manchmal war es in unserem geräumigen Keller schon richtig eng, wenn wir uns bei den Fliegerangriffen da unten versammelten. Zuletzt wurde noch eine Familie zwangsweise einquartiert, die sich gern abseits und für was Besseres hielt; daß der (abwesende) Mann der SS angehörte, die Gäste also nicht ganz ungefährlich waren, erfuhr ich erst viele Jahre später. Unser Kasper hatte also ein recht gemischtes Publikum – und der Teufel natürlich ebenso.

Vaters Malen und Schnitzen oder Mutters Kunsthandwerken boten im Haus jede Menge Spielraum – von Laubsägearbeiten und Kleben mit metallhaltigem, rauschendem Buntpapier über das Flechten mit Bast bis hin zum Stricken (ja, auch das!). Obendrein nahm mein kleines Museum mich in Anspruch – mit Straußeneiern, einem bemalten Kürbis und zwei kupfernen Schmuckringen aus Mutters Afrika-Vergangenheit, mit Versteinerungen und Muscheln, Hirschkäfergeweihen, Pfauenauge und Maikäferflügeln.

Um den Martinstag herum, Anfang November, gab es dann ein Spiel, einen Brauch, der sich offenbar bis heute mühelos gegen alle raffinierten Technikangebote für Kinder behauptet: der Laternenumzug. Waren die Kerzen in den orangenen oder rosaroten Kreppballons entzündet, hingen die hellblauen Papierzylinder erst einmal ziehharmonikaartig ausgezogen an unserer Angel – dann entfalteten Feuerschein, Farbenspiel und rituelles Lied in der Dunkelheit ihre ebenso simple wie suggestive Magie. „Laterne, Laterne! Sonne, Mond und Sterne ..."

Die Fortsetzung dieser Strophe barg für mich damals lauter unheimliche Gestalten, die meine Phantasie erheblich beschäftigten: „... die doch sonst am Himmel stehn / lassen heut sich nimmer sehn / Zwischen Wasserreih und Schloß / ist die Finsternis so groß / Gegen Löwen kämpft man an / die man nicht erkennen kann!“ Jahrzehnte später stellte ich fest, daß das vermeintliche Volkslied in Wirklichkeit von Theodor Storm stammt und der Familie des ebenfalls in Husum ansässigen Grafen zu Reventlow gewidmet ist. Und daß der Text nur die Schwierigkeiten des Wegs vom Haus des Dichters (Wasserreihe Nr. 27) bis zu der mit Tierfiguren verzierten Schloßbrücke beschreibt.

Spiele mit Kerzen, Flamme, Feuer behalten für Kinder eine Anziehung, die anscheinend durch kein Verbot auszutreiben ist. Wenn die Eltern einmal nicht da waren, das Dienstmädchen schlief und auch sonst störte kein Erwachsener – gab es noch ein ganz besonderes Vergnügen, so einfach wie wirksam und immer wieder schön: wir schlichen uns auf das Plumpsklo, das auf halber Höhe lag zwischen Erdgeschoß und erstem Stock, nahmen Blätter vom Klopapier (das waren natürlich Zeitungsfetzen), zündeten sie an und ließen sie die lange Röhre hinuntersegeln in die Jauchegrube. Unten gab es dann immer eine kleine Stichflamme, die manchmal sogar die Röhre hinaufschoß und uns so einen lustigen Schrecken einjagte, es war toll! Daß wir dabei das Haus in die Luft jagen gekonnt hätten oder zumindest die Jauchegrube – stellt euch den Dreck mal vor! – das habe ich erst viele Jahre später in Chemie gelernt oder vielleicht auch in Physik.

Eigentlich aber war Spielen im Haus eine Notlösung – oder sagen wir: keine freiwillige Angelegenheit. Gärten und Ställe einerseits, Dorf und Umgebung zum anderen, das hielt sich in etwa die Waage. Zu Hause konnte man immer noch spielen, abends, wenn es regnete oder wenn man krank war. Wie oft habe ich den Klavier-Unterricht bei Herrn Vollmeyer geschwänzt, der eigens aus Gerolzhofen herüberkam und den wir nach seiner stehenden Redensart den „Donnerwetter-Aha“ nannten! Ich steckte die Prügel ein, mußte Besserung versprechen – und zog bei nächster Gelegenheit wieder die Natur der Kunst vor.

Am liebsten schlichen wir uns durch die Gärten und Hinterhöfe, kletterten da über einen Zaun und schlüpften dort flink durch einen Bretterverschlag. Wer hätte nicht gewußt, wo die besten Äpfel wuchsen, die kräftigen herben Boskop oder die süßen roten Mostäpfelchen? Wo die Erbsen rankten, konnte ich im Schlaf hersagen, und wo die Zuckerspitzen der vielblättrig verpackten Maiskolben sich verbargen, ebenso. Da gab es den frischen Sauerampfer zu kauen im Frühsommer und die „Brotlaibli" zu rupfen, schmackhafte Malvensamen, auch Taubnesselblüten auszusaugen oder die „Boochzapfn", süßliche Stengel vom Wiesenbocksbart. Wenn zuletzt dann die Schlehen, nach dem ersten Frost, die Zunge pelzig werden lassen und das Mark der Hiefen den Gaumen kratzt, ist es Zeit, zurückzukehren ins Dorf.

Im Winter verlagerte sich unser Zentrum von Marktplatz, Schule, Kirche und Schloß an den vereisten Bach. Wieder war natürlich alles verboten, was Spaß machte: „Hutscheln" vor allem, also Rutschen auf dem gefrorenen Gewässer mit Anlauf und im Stand, oder Eisschollen-Fahren, Schelch, die „Volkach" (wie sie eigentlich hieß) runter, wenn es zu tauen begann. Mit altertümlichen Schlittschuhen, die man an Absatz und Sohle festkurbeln mußte, eierten wir über die Dorfwiese, die gefroren war nach den Überschwemmungen, während das Wasser bis zu Goldsteins Keller stand – herrliche Unordnung!

Natürlich geht's dann mit dem Schlitten das kleine steile „Ecksteés-Berchla" hinunter, wo man auf die Hauptstraße raste im Affenzahn (am besten zu zweit, weil mit mehr Gewicht bekam man mehr Tempo, klar). Wenn einem kein blödes Fuhrwerk entgegenkam, der Schneepflug oder gar, höchste Angstlust, ein dreirädriger „Goliath", ein DKW mit Speichenrädern, Dr. Brückl vielleicht oder Robert Hauck – dann stürzte man noch unter der Weide durch auf das Eis des Bachs, das so bedrohlich knackte, wunderbar! Und als ich einmal einbrach und watete bis zur Hüfte im eiskalten Wasser, da nahm Klaus Wodtke mich mit zu sich (sie wohnten ja direkt über der Brücke). Wir legten meine Strümpfe auf den Ofen und die Hose und erfanden eine Ausrede, daß ich zu spät kam zum Abendessen. Schläge erhielt ich dafür dann doch, aber längst nicht so, wie wenn ich eingebrochen wäre auf dem Eis. So waren beide, Eltern und Kinder, zufrieden.

Im Frühjahr, da wurde das Dorf uns zu eng. Wir streiften hinaus über den Eulenberg (den aber jeder nur als „Allerberg" kannte). An unseren Schuhen klumpte der aufgetaute Lehm- oder Lößboden und obwohl wir noch ein bißchen klamm waren in unseren Trainingsanzügen, liefen wir munter der Geilingschen Mühle zu. Von nun an begleiteten uns Mäusebussard oder Habicht. Wir ahmten den Ruf des Käuzchens nach und gaben einander Indianernamen. Am Wehr schnappten wir uns einen Laubfrosch, den wir ins „Jenaer Glas" sperrten, und fischten ihm eine Handvoll Kaulquappen, um zu sehen, ob er sie fraß. Kam zuletzt die Hörnersmühle in Sicht, hieß es schleunigst umkehren: fremde Gemarkung drohte! Unser dörfliches Revier hüteten wir wie die Hunde – und wie wir selbst nahmen auch Kinder und Jugendliche aus dem Nachbarort drohende Haltung an, sobald wir in das ihre eindrangen. Dann ging es den Bach in die andere Richtung entlang, nach Herlheim zu („Hallem") bis zur Humpel, dem geheimnisvollen Wäldchen mit der schmatzenden Wiese davor, wo bereits von fern die Sumpfdotterblumen gelb leuchteten und Kuckuckslichtnelken, Märzenbecher oder „Schlotfeger" (violette Hyazinthen) aus dem Moos sprossen.

Aber da hatten wir schon kein Auge mehr für Blumen, da gab es etwas anderes, das uns magisch anzog – jedenfalls seit der Krieg aus war: zwei kleine ausgebrannte Maschinen am Rande des Waldes, zwei echte Flugzeuge! Die Nazis hatten uns hier eine Abenteuerspielwiese hinterlassen, wie man sie sich schöner kaum ausdenken konnte. Wie oft haben wir auf den Pilotensitzen gesessen und unsere Reisen in alle Welt angetreten! Was störten uns die abgerissenen Drahtbündel, die aus der kaputten Instrumententafel herausquollen: gelbe Kabel, weiße und grüne, die nach verbranntem Kunststoff stanken! Und auf der Wiese drum herum fanden sich immer aufs neue Patronen jede Menge – mal ganze Patronengürtel, mal leere Hülsen, groß wie eine Zahnpastatube.

Selbstverständlich war es wieder strengstens verboten, die noch scharfe Munition auch nur anzufassen, vom Mitnehmen gar nicht zu reden. Also packten wir sie gerade deswegen ein, verkrochen uns irgendwo in einer Scheune oder einem Schober und klopften mit einem Backstein auf den Messingdingern herum, um ihnen ihr Geheimnis zu entlocken. Aber sie gaben es nicht preis, glücklicherweise, und daß nichts passierte, jedenfalls auf unserem Dorf, es war das reinste Wunder.

Am späten Nachmittag dann, zumindest vom Frühsommer an, mußte man auf dem Sportplatz sein, jeden Tag (außer am Wochenende natürlich, wo die Großen spielten). Jetzt gab es Fußball. Ich glaube, Fußball war noch schöner als Kügeln (und blieb mein Lieblingssport bis heute). Und dabei bezahlte ich jedes Spiel jeden Abend mit Schmerzen am Knöchel, weil ich doch einen dünneren Fuß hatte nach der Operation wegen Kohles' Hund. Aber ich fehlte keinen Nachmittag unter der Woche und noch weniger einen Sonntag, wenn unsere Mannschaft, die Erwachsenen, auf die großen Tore spielte. Dann tänzelte der Samba zwischen den Pfosten oder auch Zischan, die Katze (der „Kippo", wie bei uns der „Keeper" hieß). Sobald ein Schiedsrichter gegen Zalzem pfiff, regte Schweitzers Jak sich derartig auf, daß er rot anlief und oft vom Platz gewiesen wurde; er behauptete nämlich, selbst „Schiri" gewesen zu sein. Nur wenn er einmal pfiff, bei

Jugendspielen oder als Ersatzmann, stritten sich meist nach kurzer Zeit alle – dann änderte er seine Entscheidung einfach zugunsten derer, die ihm bedrohlicher vorkamen. Aber eigentlich blieb doch alles Spiel und Spaß. Und an Herrn Opitz konnte man sich ein Beispiel nehmen, der spielte sogar mit einem steifen Bein.

Lange Zeit war ich der einzige im Dorf, der einen Lederball besaß. Ich hatte ihn durch eines jener heißbegehrten leinenverpackten Seepakete (mit seltenen Briefmarken drauf!) aus Südwestafrika bekommen – mit fest vernähtem Leder aus T-förmigen Stückchen und einer orangeroten Gummiblase drin, die man aufpumpen mußte am sogenannten „Schnüdel". Und einmal in der Woche mußte ich den Ball einwachsen mit streng riechendem Fett aus einer Art Schuhcremedose. Man war beschäftigt als Ballbesitzer. Dafür habe ich den Ball auch mal einfach unter den Arm genommen, als wir uns stritten, und bin nach Hause gegangen; und gelegentlich kamen sogar die Großen zu mir, um ihn zu leihen für ein Spiel.

Wir Kinder spielten natürlich nicht über das ganze Feld, sondern vielleicht über die Hälfte und mit Toren, wie sie überall in der Welt markiert werden mit Hemden und Schuhen (denn selbstverständlich bolzten wir barfuß). Vor jedem Spiel wurden zwei Mannschaften gewählt, jedesmal durch zwei spontan ernannte „Wahlmänner". Wer dabei die erste Wahl hatte, das wurde durch ein Ritual entschieden: aus zwei drei Metern Entfernung balancierten beide gerade aufeinander zu, indem sie (abwechselnd) mal eine ganze Fußlänge vor die andere setzten, mal den Fuß quer stellten und sogar die Spitze dazwischen – bis der verlor, der nichts mehr zwischen sich und seinen Gegner brachte.

Abseits und dergleichen gab es nicht; es war eigentlich sehr einfach. Strafstoß nannten wir alles, was nach der Faustregel „Drei Ekken – ein Elfer" fällig war oder wenn jemand doll hinfiel. In den

Pausen führte Hansi Bayer uns in der Sandgrube vor, wie man sich durch Boxen und Kampftechnik sportlich abhärten könnte: er atmete tief ein, hielt die Luft an, jeder durfte ihm auf die Brust trommeln – angeblich tat es nicht weh und sollte „Dschiudschidsu" heißen. Später stand manchmal Herr Eitschberger am Spielfeldrand, dem die Amis seine militärische Laufbahn vermasselt hatten, und feuerte uns, die wir es nicht mehr bis zur Hitlerjugend geschafft hatten, mächtig an: „Lauf doch Junge, lauf!" Und Gilde, Eitschbergers Jagdhund, hechelte an ihrem Riemen und bellte dazu. Auch dem Hund fehlte irgendwie das richtige Revier.

Wir rannten und bolzten, bis es zu dämmern begann. Dann stritten wir meist eine Weile, wer gewonnen hätte. Und schließlich vertrugen wir uns schon deswegen wieder, weil neue Aufgaben unsere Einigkeit erforderten. Wir trabten ins Dorf zurück, zur Kirche, und erbettelten bei Herrn Götz, dem Mesner, den Schlüssel, um das Abendläuten zu besorgen. Dabei handelte es sich um ein ganz besonderes Vergnügen. Es war nämlich so, daß zwar die Jugendlichen am Sonntag das Läuten während des Gottesdienstes zu versehen hatten. Aber erstens mußte man dazu in einem bestimmten Alter sein (nämlich zwei Jahre vor der Konfirmation). Und zweitens war Läuten natürlich nicht gleich Läuten. Denn da die Kirche unter der Woche nur ausnahmsweise genutzt wurde, hing der Glockenstrang an den Werktagen durch ein Loch in der Dekke in den Chor herunter, wurde anders als sonst direkt vom Altarraum aus gezogen. Und genauso schwer, wie die Glocke durch zwei oder drei von uns in Gang zu bringen war – ebenso heikel war es auch am Schluß, sie zu bremsen und gänzlich anzuhalten.

Hier lauerte die besondere Lust: kurz vor dem Ende brachte man die Glocke nochmal so richtig in Fahrt. Dann, auf Kommando, sprangen wir mitten im Geläut an den Strang, um seinen Zug zu stoppen – und wurden dabei vom Schwung der schweren

Glocke gleich zwei drei Meter hochgewuchtet, ja fast an die Chordecke geschleudert. Und wenn der Mesner nicht dabei war oder er richtete in der Sakristei gerade die Liedertafeln für Sonntag her, stießen wir uns oben mit dem Fuß an der Decke ab und rangelten miteinander darum, wer zuletzt am Seil hängenblieb. Und mit so etwas läuteten wir Abendfrieden und Nachtruhe ein.

Wenn das Abendläuten verklungen war, hatten wir zu Hause zu sein. Und das Spielen – ja, war das Spielen jetzt vorbei? Ach, keineswegs! Das Spielen, es wollte überhaupt nicht aufhören, ging nach dem Abendessen oft erst richtig los. Vor allem mit Musik!

In Vaters Amtszimmer stand ein Cembalo, das mal wie ein Lauten-, mal wie ein Mandolinenchor klingen konnte. Später erbten wir ein schwerfälliges Klavier, an dem wir – zunächst von den Eltern – Unterricht erhielten. Dann gab es Blockflöten in allen Stimmlagen, darunter das Baßrohr aus hellem Birnenholz mit seinem schmeichlerischen Hirtenton. Außerdem spielte Mutter Geige. Und natürlich sangen wir, von morgens bis abends.

Das größte häusliche Vergnügen jedoch, in dieser Hinsicht, ging von den Karten-, Brett- oder Würfelspielen und dergleichen aus: „Mensch-ärgere-dich-nicht" und „Sag-nix-über-Pulok", Dame oder Halma. Auf der Rückseite von Halma war das Brett für Mühle, das schnellste und gemeinste Spiel. Und wenn man wieder drei Steine nebeneinander hatte und ein gegnerisches Nüppchen wegnehmen durfte, sagte man: „Mühle zu – raus mit der Kuh!" (Aha!)

Dann gab es noch das Komponisten-Quartett, wo wir abenteuerliche Namen lernten von Rimsky-Korsakow bis Mussorgski – und natürlich Elferraus! Elferraus war eindeutig unser Lieblings-Kartenspiel. Man konnte träumen vom roten Elfer und von den drei anderen: dem fahlen gelben, dem giftgrünen und dem dicken blauen. Wenn man eine Zwanzig zog, die sah schon genauso schwer aus mit ihrer plumpen fetten Null, wie man sie nachher loswurde. Was half's – man mußte ein vergnügtes Gesicht machen, als wäre man gänzlich uninteressiert am Wachsen des Stapels, von dem man das dicke Ende in den Händen hielt. Und daß die ganze Welt diese Verstellung kennt, als „Pokerface", das erfuhr ich erst später. Jedenfalls aber gab es einen Theologie-Praktikanten bei uns, der hatte wohl beim Predigen gelernt, wie man immer positiv guckt. Da gewann er das Spiel so oft, daß wir ihn schließlich nur noch „den Elfer" nannten. Und was er im Kindergottesdienst „ehrlich" erzählte und seinen richtigen Namen – ich habe es längst vergessen.

Natürlich spielten wir nicht nur Elferraus und die paar anderen Spiele. Da gab es „Teekessel-Raten" und „Schlapp hat sein Hut verlorn", „Schiff abschießen" und „Alle Vögel fliegen hoch" – dazu Blindekuh, Pfänderspiele, Reinlegspiele oder Domino. Und im Lauf der Zeit kam noch jede Menge Neues dazu, „Fang-den-Hut" zum Beispiel oder auch Mikado und (nachdem wieder Kunststoff produziert wurde) Flohhupfer. Wir spielten, was das Zeug hielt. Alle mußten oder durften mitspielen: die Verwandten, die untergeschlüpft waren bei uns im Krieg oder die einquartierten Familien, Vaters Vertreter Pfarrer Schulze und Maler Beckers, die Dienstmädchen, die Theologiestudenten, Vikare, Besuch und durchreisende Prediger, innere oder äußere Mission, egal.

Einerseits ging es ja nicht um Geld, blieb also moralisch – andererseits spielten wir aber auch nicht etwa aus pädagogischen Gründen, gar mit theologischem Eifer, die „Reisen des Apostels Paulus durch das Heilige Land" vielleicht oder die „Zehn Gebote als Ratespiel". (Und die „Reise nach Jerusalem" hatte wohl nur wenig mit der Bibel zu tun.) Wir spielten um des Spiels willen. Kirche war Kirche und Spiel blieb Spiel.

Übrigens „Heiliges Land“: das hing ohnehin als Landkarte oben in einem unserer Zimmer an der Wand. Der Jugendkreis tagte da und wohl auch der Kirchenvorstand. Auf dem langen, geriffelten Ausziehtisch richteten wir uns behelfsmäßig mit Tischtennis ein. Man hatte dann die Reisen des Apostels sowieso immer vor Augen beim Spielen, jedenfalls bei Tischtennis (und von der einen Seite). Wenn ich auch später noch jahrelang die Bälle verschlug, weil unser Tisch zwar schmaler war als richtige Maßplatten, dafür aber ein ganzes Stück länger – ich weiß noch heute, daß man beim rechten Schmetterball den See Genezareth anpeilen mußte. Und wenn man das Zelluloid-Bällchen auf Kanaan-Höhe zurückgespielt hatte, dann schwante einem nichts Gutes. Ich sage nur: Totes Meer.

Kügeln – Tischtennis – Fußball: auf unserem Dorf rollte die Spielkugel in jeder Größe. Und die größten Bälle hätte ich beinahe vergessen. Die gab es im RAD, oben an der Brünnstädter Straße. Als das Lager sich aufzulösen begann in den letzten Kriegswochen, da wurden vier fünf große schwere Medizinbälle aus den Baracken weggeschafft und in unseren Kohlenkeller gebracht. Es handelte sich um eine Art mit Kunstsand gefüllter Leder-Kürbisse, die ich beim Kohlenholen immer mal hin- und herdrehte; daneben lagerten noch zwei drei „Schleuderbälle“ mit Schlaufen und ein paar steinharte Lederbällchen zum Werfen. Ich sah uns schon um das wunderbare neue Spielzeug bereichert im nahenden Frühjahr.

Aber Mitte April, ich war gerade vier, da fuhren die amerikanischen Panzer ins Dorf ein und wir mußten unser Haus binnen weniger Stunden räumen. Als die Amis wieder abzogen, ein paar Wochen später, nahmen sie die RAD-Bälle als typisches Nazi-Spielzeug ebenso mit wie unsere Holzpanzer. Wahrscheinlich wollten sie selbst damit spielen.

Mutter hatte schon recht gehabt, als sie in den letzten Kriegstagen unsere Musikinstrumente – Geige, Flöten undsoweiter – im Blasbalg der Orgel versteckte (wenn sie dann auch später lange brauchte, um sich dieses abseitigen Orts zu erinnern!). Einmal jedenfalls, als ich etwas aus unserem Haus holen sollte, da sah ich einen Soldaten in Vaters Amtszimmer sitzen – und zwar am Cembalo, von dem uns Kinder ein strenges Verbot fernhielt. Und der GI, ich schwöre es, hatte einen Dackel auf dem Schoß sitzen, führte dem Hund die Pfoten und ließ ihn „Klavier" spielen. Ein fremder Soldat, seinen Dackel, im Amtszimmer, auf dem Cembalo: ein Schock! Noch wußte ich nicht, daß ich der amerikanischen Kultur begegnet war. Ein neues Zeitalter hatte begonnen.

Auf dem Speicher meiner Kindheit, oben unterm schrägen Balken, steht staubig und spinnwebverhangen eine große alte Truhe aus Eichenholz. Die sich versteckt hatten und die ich suchen sollte, Dollingers Kurt, Helga Reuter und Klaus sind fort. Das Leben – weitergegangen; das Spieldorf in der Truhe verschwunden, der Deckel geschlossen. Von fern aber höre ich eine helle Jungenstimme neu auszählen zum neuen Versteckspiel: „Ich und du / Müllers Kuh / Müllers Esel / Der bist du." Müllers Esel? Moment mal! Hallo! Halloo! Hallooo!

Sprich ja zu meinen Taten

Es gibt eine Fotografie von mir, da sitze ich allein in einer Schulbank, brav angezogen und sauber gestriegelt. Ich halte den Griffel in der Hand, als wäre ich beim Schreiben (und tatsächlich sind auf der vor mir liegenden Schiefertafel ein paar Zeilen zu sehen), aber natürlich schaue ich geradeaus in die Kamera. Hinter mir auf der großen Tafel steht: „Zur Erinnerung an meine Schulzeit". Darunter die Jahreszahl 1949.

Es ist ein merkwürdig lebloses Bild. Nichts daran stimmt. Das Allein-in-der-Bank-Sitzen nicht und nicht die treuherzige Schreibtisch-Pose, noch viel weniger mein adrettes Äußeres. Kein Wunder wenn die angekündigte, fast möchte man sagen angedrohte Erinnerung angesichts des Bildes gänzlich ausbleibt.

Damals, im Jahr der Gründung der Bundesrepublik, war ich acht Jahre alt, also seit ungefähr zwei Jahren in der „Volksschule". Meinem Gesicht läßt sich anmerken, daß man dem Kind die Verträumtheit keineswegs restlos ausgetrieben hat. Aber mein Blick wirkt auch nicht aufsässig, allenfalls ein bißchen trotzig, mit einem Anflug von Trauer. Ich glaube, es ist die Trauer um das verlorene Paradies. Und der Trotz der Phantasie, diesen Verlust niemals anzuerkennen.

Ebenso wie in der Bibel bestand mein, unser Paradies aus einem großen, üppigen Garten, der selbst während des Unterrichts buchstäblich in greifbarer Nähe lag. Wenn ich zum Fenster hinaussah, war ich im Pfarrgarten, der an die Schule grenzte. Unser Apfelbaum streifte, wenn der Wind ging, das Sims. Und roch der Klassenraum noch so sehr nach Terpentin oder einem anderen unangenehmen Stoff, mit dem man die Dielen tränkte – vom Frühling an, spätestens, überduftete unser Garten alles, was ich nicht riechen konnte an diesem grauen Lerninstitut. Und manchmal zwitscherten die Vögel so laut, daß man sein eigenes Wort nicht verstand. Naja, das ist vielleicht ein bißchen übertrieben.

Schule dauerte von acht bis zwölf. Das Zwölfuhr-Läuten teilte den Tag, sieht man vom Abend ab, in zwei recht ungleiche Hälften. Um zwölf aß das Dorf zu Mittag, Bauern und Handwerker, der Lehrer und der Pfarrer. Um zwölf, wenn die Schule aus war und niemand mich beobachtete, sprang ich manchmal direkt hinunter in unseren Garten, der von nun an wie ein Teilzeit-Paradies funktionierte.

Jetzt beginnt das Leben. Natürlich erst noch schnell Mittagessen. Danach aber – nein, unerbittlich ist einer von uns dran mit Geschirr-Abtrocknen. Dann endlich – halt, erst müssen die Hausaufgaben noch gemacht sein. Und eine halbe Stunde hinlegen, was für eine Qual! Von der Turmuhr schlägt es zwei. Gleich ist der Tag um. Endlich auf und davon!

Schule und Schularbeiten genießen keinen guten Ruf bei Kindern, wohl nirgends auf der Welt (und jedenfalls bei den meisten Schülern). Ob's an der falschen Art des Beibringens liegt oder an der noch nicht verlernten „Naturfaulheit" der Jugend, das mögen die Pädagogen unter sich ausmachen. Jedenfalls stand im Frühjahr und im Sommer oft ein Spruch bei uns an der Tafel – den hätte ich mir als Hintergrund gewünscht, wenn denn so ein Erinnerungsbild sein mußte. Eine Generation gab ihn offenbar der nächsten weiter und wahrscheinlich haben schon Millionen von Schülern ihn mit quietschender Kreide an Tausende von Tafeln gemalt, bevor auch dieses gute alte Monstrum den sogenannten zeitgemäßen Unterrichtsmedien weichen mußte. „Der Himmel ist blau / das Wetter ist schön / Herr Lehrer, wir wollen spazieren gehn / Wir wollen lieber im Freien schwitzen / als immer auf harten Schulbänken sitzen ..."

Übertroffen wurde dieser Vers allerdings noch durch einen skurrilen Zweizeiler, den wir vor Beginn der Ferien vorne anschrieben: „Der alte Brauch darf nicht verwesen / Am letzten Tag wird vorgelesen!“ Wahrscheinlich erzielten die kindlichen Stoßseufzer meistens den gewünschten Erfolg. Ich aber ahnte zum Glück nicht, wie lange ich die harte Schulbank in Wirklichkeit noch drücken sollte – bis zum allerletzten Tag.

Unsere Bänke, das waren im allgemeinen Zweisitzer, immer sieben acht Reihen hintereinander. Nur drüben die Viertkläßler hockten jeweils zu dritt zusammen – ich nehme an, damit der Platz langte. Wir waren nämlich eine zweiklassige Schule, d. h. eine mit zwei Unterrichtsräumen: dem einen, neben unserem Garten, für den ersten bis vierten Jahrgang – dem anderen, drüben im oberen Stock des Rathauses, für die Älteren von Klasse fünf bis acht. Wir vier Grundklassen saßen also alle nebeneinander, ungefähr wie die Parteien im Bundestag (und sicherlich genauso unaufmerksam): ganz rechts – natürlich vom Lehrer aus gesehen – der erste, ganz links der vierte Jahrgang, dazwischen zweites und drittes Schuljahr. Und mittendrin stand noch ein Bullerofen.

Da lief dann der Lehrer Knauer, später das Fräulein Kotzik, herum zwischen dreißig, vierzig schwätzenden Mädchen und rangelnden Lausbuben („Lauser“ hießen sie in Zeilitzheim) – und versuchte verzweifelt, vier Klassen gleichzeitig sinnvoll zu beschäftigen: mit Schreiben zum Beispiel die Erstkläßler, mit Lesen die Nachbarn, mit Rechenaufgaben die Ältesten. Während also drei Horden, ab und zu betreut, besser: im Zaum gehalten durch den Dompteur, einigermaßen ziemlich ihre Aufgaben erledigten – widmete er sich dem dritten Jahrgang im direkten mündlichen Unterricht, sagen wir in Heimatkunde. Ich glaube, es war nicht einfach. Und Singen ging selbstverständlich nur gemeinsam.

Mädchen und Jungen saßen bankweise getrennt, außer es gab eine ungerade Zahl. Strenger wurde es mit den Konfessionen gehandhabt: wir waren eine evangelische Volksschule. Die Katholiken, eine Minderheit, hatten ihre Schule im Schloß. Nur auf dem Sportplatz, in Turnen, traten wir hin und wieder gegeneinander an. Insgesamt gewannen wir zwar häufiger, besonders in Völkerball und Rennen – rein sportlich jedoch ließ sich letztlich nicht klären, ob der liebe Gott nun evangelisch war oder katholisch. Vielleicht etwas dazwischen. Oder mal so, mal so.

In unserer Schule herrschte strenge Ordnung. Das hatte kaum mit der räumlichen Enge zu tun. Es kam von den Resten des deutschen Drills her, die vom Obrigkeitsstaat stammten und unter den Nazis noch einmal traurigen Ruhm erlangt hatten. Eltern und Lehrer waren so erzogen worden, mit Prügeln und In-die-Ecke-Stellen, mit Strammstehen, Diener und Knicks, An-den-Ohren-Ziehen und Strafarbeit, mit Antreten beim Turnen und ein fröhliches Lied zwo drei. „Zucht und Ordnung" wurden so selbstverständlich gelernt wie das Einmaleins und das ABC.

Morgens stellten wir uns auf und begrüßten den Lehrer im Sprechchor: „Guten Morgen, Herr Lehrer!" Zu Mittag, wenn Schluß war, verabschiedeten wir ihn entsprechend. Wer etwas sagen wollte, bat oder gar bettelte darum durch Fingeraufzeigen (und zwar ordentliches), wartete bis er aufgerufen wurde und stellte sich zum Reden neben die Bank. Ebenso meldete man sich zum „Austreten" – und sogar, wer sich traute, zum Petzen.

Wer nach Ermahnungen weiter mit dem Nachbarn redete, bekam eine Strafarbeit aufgebrummt. „Ich soll nicht schwätzen" – fünfzig- oder gar hundertmal geschrieben, sauber und ordentlich. Ich unterlief die negative Wirkung der Buße auf meine Weise, indem ich mich zu Hause hinsetzte und in zwei Stunden das „Ich soll nicht schwätzen" fünfhundertmal vorfabrizierte. Diese

Produktion auf Vorrat ergab einen doppelten Gewinn: das Vor-Schreiben empfand ich, da die Strafe ja noch nicht verhängt war, als freiwilligen Akt, gar als trickreiches Vergnügen. Und mußte ich schließlich einmal fünfzig Sätze abliefern, so erschien mir eine solche Menge angesichts meiner reichen „Halde" geradezu als läppisch. (Daß ich meine erste Vor-Produktion glatt wegschmeißen konnte, weil ich in meiner Begeisterung zweihundertmal „Ich soll nicht schwetzen" geschrieben hatte – ich brauchte es ja niemand auf die Nase zu binden.)

Wirklich bedrohlich war allein die körperliche Züchtigung. Es gab sie, häufig, als Schlag auf die Hand und, seltener, als Prügel auf den Hintern – beides mit dem klassischen Rohrstock, den ganze Generationen vor uns schon zu spüren bekommen hatten (und den auch wir, zum Glück einer der letzten Jahrgänge, über uns ergehen lassen mußten). Ich erinnere mich an ein Mal, dafür daß ich Wolf Dora Juckpulver, also Hiefenkörnchen, in den Kragen streute. Meist erhielt man einen bis drei schmerzhafte Schläge auf die Finger oder den Handteller, je nachdem ob man zuckte oder nicht – eine Strafe, die man sich obendrein vorne beim Lehrer abzuholen hatte. Und als es eines Tags, genauer nachts, neben dem Rathaus brannte, halfen wir Kinder mit, die Schule zu räumen. Da schnappte ich mir die Rohrstöcke, deren Aufbewahrungsort ich kannte, und warf sie allesamt ins Feuer. Es war sicherlich nutzlos, aber doch fast ein Gefühl, als hätte ich selbst den Brand an die Schule gelegt.

Die Jahrgänge im Rathaus hatte Lehrer Gäßler unter sich, der Schulleiter. Er regierte uns streng, ja jähzornig. Wir waren froh, daß er den Älteren oben im Rathaus-Saal vorbehalten blieb. Nur manchmal kam er unverhofft herüber zu uns Kleineren. Er mahnte den, drohte einem anderen, fragte Dritte etwas ab. Und wenn er leutselig war, ließ er uns aufstehen und etwas singen. Alle wußten, daß wir ihm keine größere Freude bereiten konnten als mit „Ein Männlein steht im Walde" – und zwar aus Leibeskräften gebrüllt von dreißig vierzig „Männlein", wie von kleinen Untertanen für einen großen Fürsten. Vielleicht hat es ihn auch nur an die Donkosaken erinnert, er war ja Wolgadeutscher oder etwas Ähnliches. Jedenfalls paßte zu diesem Brüllen auch der Vers, der umlief über ihn (und den sicherlich ebenfalls schon ganze Heere von Schülern über ihren jeweiligen „Lieblingslehrer" verbreitet hatten): „Gefährlich ist's den Leu zu wecken / Furchtbar ist des Tigers Zahn / Aber am schrecklichsten vom Schrecken / Ist der Gäßler mit seinem Stecken." Jahre später ist mir der Vers in Schillers „Glocke" wiederbegegnet. Ich konnte mich nie des Verdachts erwehren, der Dichter habe den Schülerreim als Zitat in seine Ballade von den Freuden und Sorgen des Alltagslebens eingebaut (und nicht umgekehrt). Hieß „Geßler" nicht zufällig auch jener feindliche Landvogt im „Wilhelm Tell"?

Am liebsten war es uns, wenn der strenge Schulleiter gar nicht bei uns auftauchte oder nur zu den erfreulichen Anlässen – und dazu gehörten natürlich alle, die den Schulalltag mit Darbietungen unterbrachen. Einmal zum Beispiel trat eine Märchenerzählerin auf, dann ein Puppentheater. Ein andermal besuchte uns der Fotograf, von dessen Machwerk schon die Rede war. Bei einer weiteren Gelegenheit führte ein Glasbläser seine hauchzarte Kunst vor und ließ den Vorlautesten, also mich, in ein mit Wasser gefülltes Vögelchen blasen, so daß dessen Springbrunnen sich über mich selbst ergoß.

Neben dem alten Handwerk brachen aber auch längst die neuen Medien in unsere bereits wankende kindliche Märchenwelt ein. Ziemlich regelmäßig reiste irgendein Amerikaner an – wenn schon nicht in Uniform, so doch im Jeep – und führte uns Filme vor. Ich kann mich kaum mehr erinnern, worum es ging; meistens hatte es wohl damit zu tun, wie die Amerikaner der übrigen Welt halfen, mit Nahrungsmitteln und Gerechtigkeit. Nur den schwungvollen, ein bißchen sehr aufgemöbelten und selbstgewissen Ton habe ich noch im Ohr. Ich nehme an, wir Kinder galten als Gegenstand der „moralischen Wiederaufrüstung". Immerhin waren wir knapp an der Hitlerjugend vorbeigeschlittert – wer weiß, was in uns jungen Deutschen noch steckte. Und daran, daß das Essen vor der Moral kommt, hatten die Besatzer, als echte Materialisten, auch gedacht: alle vier Wochen wurde eine „Schulspeisung" veranstaltet, zu der wir Schüler in Zweierreihen zum „Stern" hinüber marschierten, um uns dort immerhin einmal im Monat kaloriengerecht zu ernähren.

Ansonsten gab es noch den beliebten Schulausflug zur „Konstitutionssäule", drei Kilometer entfernt auf der Gaibacher Höhe und vom Dorf aus gut zu sehen. Es war ein Denkmal, vielleicht sogar eher ein Dankmal, für die Errichtung der konstitutionellen Monarchie in Bayern. Wir lernten nur, daß Konstitution Verfassung hieße, welch selbige König Max Joseph in Bayern freundlicherweise hatte einführen lassen, um dann mit dem Bau dieser Säule seiner Freude über sein braves Volk Ausdruck zu verleihen. Unsere Freude entzündete sich vor allem an der Wendeltreppe, die so schön schwindelig machte – und daran, daß man von oben runterspucken konnte. Tags drauf mußten wir in unser Heft schreiben, was wir noch behalten hatten: daß die Säule 18 Meter hoch war (oder so) und 42 Stufen zur Aussichts-Plattform führten (oder mehr oder weniger).

Vom Schloß in unserem Dorf lernten wir ebenso nur ein paar hübsche Geschlechternamen – „Fuchs von Bimbach" oder „Wolf von Wolfsthal". Und mindestens einmal mußte jede Klasse sich hinsetzen am Kohles-Eck, in Heimatkunde, und das Wappen überm Portal abmalen. Das war schwere Fron genug – warum

Kinderhirne damit belasten, wie das Schloß zusammenhing mit Raubrittern und Bauernkrieg, mit dem Zehnten und womöglich der bis heute mangelnden Gerechtigkeit. Erst einmal war eine Diktatur vorbei. Die Einführung der Demokratie sollte sich noch ein bißchen ziehen.

Hier am Schloßportal geschah es auch, daß die halbe Gemeinde sich zum Kartoffelkäfer-Lesen versammelte, bald nach Kriegsende. Der neue Bürgermeister, Friedlein, stand oben auf der Brüstung und teilte ein, wer zu welchem Feld gehen sollte. Froh, daß wir mitdurften, stopften wir Kinder Fläschchen und Gläser randvoll mit den gelbschwarz gestreiften Krabbeltieren. Und in meinem Traum fuhr ein amerikanischer Panzer über unseren Acker und zerquetschte unsere ganze Sammlung samt den Gläsern, daß die gelbe Soße spritzte. In Wirklichkeit wimmelte es so von Käfern, daß man sie andauernd zertrat. Ein Besatzer-Panzer streifte eines Tages die Brüstung am Schloß und riß ein paar Steine aus der Mauer. Und den Bürgermeister, den die Amerikaner eingesetzt hatten, wählte das Dorf bei der erstbesten Gelegenheit wieder ab.

Im Grunde ging es wie mit den Schulbüchern. Als mein Bruder Klaus eingeschult wurde, im Sommer 1945, war der Krieg gerade ein paar Monate vorbei. Aber da es noch keine neuen Schulbücher gab, schnitten die Amerikaner halt die anstößigsten Stellen aus den alten heraus – den „Kohlenklau", die Bilder mit den Hitlerjungen oder das Kapitel über „Führers Geburtstag". Da man nicht so genau wußte, was für eine neue Zeit jetzt kommen sollte, hielt man sich sicherheitshalber an die alten Werte: Gehorsam, Ordnung, Sauberkeit, Zucht undsoweiter. Und als ich in die erste Klasse ging, spielten in unserer ABC-Fibel die Kinder schon wieder mit Reifen. Die Mädchen trugen Zöpfe und die Jungen sahen alle so artig aus, als ob sie Hans hießen. Es gab kein Hamstern und kein Schwarzschlachten, keine Entnazifizierung und noch nicht einmal Kriegsheimkehrer. Die Welt war wieder heil – nicht Heil-Hitler, aber doch ganz in Ordnung. Jedenfalls im Schulbuch.

Die Schule hatte ihren alten Platz als allumfassende Erziehungs-Institution wieder: mit Schulgebet und Religionsunterricht, mit Antreten beim Turnen und Schlägen auf die Hände. Ja dem einen oder anderen schaute der Lehrer wohl auch mal in die Ohren, ob sie sauber wären. Und wenn ihm zugetragen wurde, daß man einem Erwachsenen nicht mit „'s Good" („Grüßgott") begegnet war auf der Straße, dann konnte es ebenfalls was setzen. Daß die karierten und (für „Schönschrift") dreizeilig linierten Hefte sowie die Bücher keine Eselsohren haben durften, verstand sich von selbst. Und natürlich, daß man den Griffelkasten (mit gespitzten Griffeln!) im Ranzen mitführte, Schwamm und Lappen ordentlich am Rahmen der blank gewischten Schiefertafel hingen – und was nicht noch alles! Immerhin gab es im Zeugnis sogar extra Noten für „Ordnung" und für „Fleiß". Was Wunder, daß wir alle Musterknaben geworden sind! Jedenfalls fast alle (ich meine natürlich außer den Mädchen).

Daß das Schönste an der Schule, neben den Ferien, die Pausen waren, darüber bestand unter uns Einigkeit. Der Klassenraum für uns Kleinere lag immerhin nicht ungünstig. Im verwinkelten, buckligen Pausenhof, den Schule und Kirche, der alte Friedhof und die Kirchgaden bildeten, ließ es sich lärmend und wie auf einem Abenteuer-Spielplatz herumspringen, während man sein aus dem Pergamentpapier gewickeltes Marmeladebrot aß. Wurst oder Käse gehörten zur Mangelware – es sei denn, man „schacherte" (wie wir das nannten) mit den Bauernkindern. Auch zu trinken gab es nichts: abgepackte Milch war uns unbekannt, „Kakau" wurde nur bei der Schulspeisung ausgeschenkt – wir lebten, sagen wir, im Jahr 3 vor Coca Cola.

Unter diesen Bedingungen hatte der Pausenhof es natürlich leicht, stets wie aus dem Ei gepellt auszusehen. Ich glaube, es existierte nicht einmal ein Abfallkorb. Schließlich kannten wir weder das Problem der Überernährung noch das des Verpackungsmülls. Das Pergament strichen wir selbstverständlich glatt und brachten es wieder mit nach Hause. Wehe es wäre jemand auf die Idee gekommen, es zu zerknüllen oder gar mit einer Kruste wegzuwerfen! Zu genau wußten wir, wie knapp Papier sein konnte – und erst recht, wie mühselig so ein Brot zustandekam.

Wie oft sind wir Kinder mit den Erwachsenen zum Ährenlesen gewesen! Wir sahen die Bauern auf die Äcker hinausfahren bei Wind und Wetter zum Pflügen und Eggen, sahen sie säen und rochen Mist und „Strötzn" beim Düngen. So manchesmal, wenn gemäht wurde, waren wir draußen auf dem Feld dabei – besonders bei der „Brotzeit". Und was konnte es Schöneres geben als ins Dorf mit zurückzufahren zwischen den Korngarben oben auf dem schwankenden Leiterwagen!

Das Dreschen dann, mit der von Hof zu Hof weitergegebenen Dreschmaschine – welcher Lärm, was für ein Staub! Dazu die schwitzenden Erwachsenen, die Auflösung aller tagelangen Anstrengungen in der „Drescher-Mahlzeit", bei der man auch das hoffremde Pfarrerskind großzügig mit dem Käsebrot durchfütterte. Wir beobachteten, wie das Getreide gemahlen wurde in der Mühle am Bach. Und wie die schweren weißen Mehlsäcke von fremden Traktoren abgeholt wurden, sahen wir ebenso. Dann liefen von Zeit zu Zeit gebeugte Bauersfrauen mit ihrem „Brotraaf" auf dem Rücken durchs Dorf: das war eine dreistöckige Trage, auf der sie die selbst hergestellten, aus Bastkörben quellenden Teiglaibe – sorgsam in Tücher gehüllt – zum Backen brachten.

Wer nicht selbst Brot machen konnte oder wollte, für den besorgte der Scherer Beck (ebenso wie sein katholischer Zunftgenosse Hauck) dieses Geschäft: er rührte das Mehl zu Teig an in großen Bottichen, formte Laibe daraus oder Stollen, um sie in seinen langen Regalen zu lagern, bis sie dran waren, hineingeschoben zu werden in den geheimnisvollen Ofen. Irgendwann zog der Meister dann das knusprige braune Brot auf seinem langen Schießer wieder aus der Hitze, um es erneut auf den Brettern zu lagern. Bis heute hat sich meine Hemmung erhalten, ein Stück Brot, selbst eine alte Kruste, einfach wegzuwerfen (wenn auch leider „unser täglich Brot" oft genug nur noch zum Wegwerfen schmeckt).

Die Pause ist zu Ende – zurück zur Kirchenburg, die unseren Spielen manchen geheimnisvollen Reiz bot. Ein Teil der Befestigung war erhalten geblieben: die sogenannten „Gaden", die in grauer Vorzeit zugleich als Vorratskammern gedient hatten und nun selten oder überhaupt nicht genutzt wurden. Um so mehr bildeten sie murmelnde Punkte in unserem örtlichen Wahrnehmungsnetz. Dazu kam der merkwürdige Umstand, daß die Räume von der Kirchenseite aus ebenerdig zugänglich waren, während man von der Straße aus direkt in ihren Keller gelangte: was für eigenartige Häuser!

Der alte Kirchhof schließlich lockte uns wenig; zwar bot er eine Art Rasen – aber daß darunter die alten Gräber lagen, schien uns nicht geheuer. Und dann stand da noch ein windschiefes Gebäude, das einzig bewohnte in der ganzen Kirchenburg. In seinem düsteren Obergeschoß hauste eine uralte Muhme, die unsere uralten Angste und Aggressionen auf sich zog, unsere Märchenphantasien gewaltig belebte: „die Kosa".

Die Kosa, kein Zweifel, war eine Hexe. Wenn sie über das bucklige Pflaster schlurfte, mit ihrem krummen Rücken und ihren bodenlangen schwarzen Röcken, dazu ihr böser Blick, der runzlig gefaltete Mund – dann wußten wir es ganz genau. „Kosa,

Kosa, alte Hex", gellte die Kindermeute und bewarf sie mit Sand oder Steinchen. Die Koser, wie sie eigentlich hieß, drehte sich zu uns um, stieß Verwünschungen aus und drohte mit ihrer Krücke – wir stoben kreischend auseinander. Und manchmal versuchte sie, einzelne von uns mit Bonbons zu gewinnen, was sie nur um so verdächtiger machte.

Ein paar Jahre später, als mein Patenonkel mir eine wunderbare Ausgabe der gruseligen Hauffs-Märchen schenkte, deren ebenso grausige Illustrationen von einer Frau Koser-Michaelis stammten – brachte ich die beiden in meinem Kopf noch irgendwie zusammen. Erst lange danach habe ich unserer Zeilitzheimer „Kosa" voller Scham und Reue gedacht und mit großem Mitleid. Die Art, in der das Dorf Einzelne zum Gespött oder zur Zielscheibe des Mutwillens aller macht, ist oft grausam. Und Kinder, mit ihrem zerstörungslüsternen Gespür für Außenseiter, können beachtlich herzlos sein. Wir waren es auch.

Toleranz, Zivilcourage, Selbstverantwortung – woher hätten die neuen Werte kommen sollen, der neue Mensch, „damals und auf dem Lande"? Begeisterte Nazis hatte es im Dorf, wie ich später glaubwürdig erfuhr, nicht allzuviele gegeben – und mit dem länger werdenden, bedrohlich näherrückenden Krieg wurden es eher noch weniger. Die Handvoll Aktiver, soweit sie nicht „vermißt" war oder „gefallen", mußte nun, nach 1945, zur „Entnazifizierung". Um in verschiedene „Mitläufer"-Klassen eingestuft zu werden, fuhren sie, manchmal von Vater begleitet, zur Würzburger „Spruchkammer". Ich mußte bei dem merkwürdigen Namen immer an „Sprüchbeutel" denken, unseren gängigen Ausdruck für jemand, der den Mund zu voll genommen hatte (und vielleicht traf das sogar den Kern der Sache). Viel mehr jedenfalls fiel den Amerikanern zur Aufklärung auf dem Lande nicht ein. Im Dorf selbst wurde das meiste unter den Teppich gekehrt. Man hatte sich vor '33 im Guten und im Streit miteinander durchgeschlagen; man mußte auch jetzt weiter miteinander auskommen. Das Dorf vergißt nichts, aber es kann schweigen. Schweigen, um zu leben und leben zu lassen – oder totschweigen …

Daß die Bevölkerung von Zeilitzheim Ende des 18. Jahrhunderts einmal fast zur Hälfte jüdisch gewesen war und noch zu Beginn der Nazizeit zwei Dutzend Juden hier gelebt hatten, davon wußten wir als Kinder nichts, erfuhren als Schüler „kein Sterbenswörtchen" von ihnen. Dabei stand unsere Schule mit der Rückwand gegen die „Jüdegass". Wir spielten gern in dem gewundenen Sträßchen im Schatten der Kirchgaden, vielleicht gerade weil die Gegend dort als minderwertig galt. Wir dachten uns nichts dabei. Aus den Türstöcken zahlreicher Häuser hatte man die „Mesusa", das „Gebetseisen" gläubiger Juden, herausgerissen; die Male, die das hinterließ, habe ich erst viele Jahre später wahrnehmen gelernt. Die sichtbaren Spuren jüdischen Lebens in unserem Dorf wurden ausgelöscht, fast so gründlich wie die Menschen auch. Einigen war es wohl gelungen, auszuwandern, andere blieben verschollen. Die letzten sieben hat man 1942 abgeholt und im KZ umgebracht.

In der Normalität des Dorfes, dem von altersher und durch die Natur geregelten Gang der Dinge, lauert auch etwas Gefährliches. Schwer abzuschätzen, ob Menschen jüdischer Religion hier noch vor denen rangieren würden, die in gar keine Kirche gehen. Geltende Ordnung und christliche Moral – hier sind sie miteinander verheiratet (und haben schon mindestens diamantene Hochzeit gefeiert). Eine ledige Mutter, ein „175er" – sie hätten bei uns bestimmt nichts zu lachen gehabt. Wer im Gefängnis war, dem klebt der Entlassungsschein von Ebrach ein Leben lang an der Stirn. Und wer verrückt ist, gehört nach Lohr. Schon wenn man einen Spielkameraden für blöd erklärte, als „Idi" oder „Spinoza" (!), hieß es: „Lohr etz mach dei Türla auf / der X der kommt im Dauerlauf!“ Andererseits: auf unseren „verrückten“ Michel ließ nie wirklich jemand etwas kommen!

Im Munkeln und Mauscheln des Dorfs ist „der Jüd“ seit ewig aufgehoben. „Judäa“, das kannte ich aus unserem „Kleinen Gottbuch“. Für mich war es ein Phantasieland. Dann gab es noch die Israeliten oder auch „Kinder Israel“. Juden kannten wir nicht. Die Karte vom „Heiligen Land“ oben im Gemeinderaum des Pfarrhauses blieb Erfindung, wie der Lageplan im Anhang zur „Schatzinsel“. Die biblischen Geschichten spielten sich in einer eigenen Welt ab. Auf die Idee, sie mit meiner, unserer dörflichen Wirklichkeit in Verbindung zu bringen, wäre ich im Traum nicht gekommen. Vom Dorf aus gesehen existierte kein Erdball, keine Weltkarte. In Heimatkunde kamen wir bis zum Maindreieck, allenfalls zur Rhön – das konnte man noch erfahren: besonders die Mainschleife, wenn man mit dem Bus nach Würzburg fuhr und oben bei der Vogelsburg hinuntersah auf Escherndorf oder Obereisenheim in den beiden Maintälern. Glaubenslehre aber wurde mit Geografie bei uns kaum verknüpft, höchstens so vage wie bei den Kreuzrittern des Mittelalters (und schon gar nicht mit deren abenteuerlicher Leidenschaft).

Daß Jesus und seine Jünger Juden waren: die christlichen Kirchen hatten nie allzuviel Wert auf diesen Sachverhalt gelegt. Nur der Verräter Judas (!) durfte auf den Bildern vom letzten Abendmahl mit einer Hakennase ausgestattet sein und habgierig den Geldbeutel umkrampfen. Der „Böse“ hat mich immer am meisten interessiert unter all den heiligmäßigen „Guten“ am Eßtisch – vielleicht abgesehen noch von Johannes, dem Lieblingsjünger. Wenn ich in unserer Kirche saß und mich wie so oft langweilte, beim Kindergottesdienst oder der Predigt für die Erwachsenen, studierte ich ausgiebig die bunte Kassettendecke: da war die ganze Apostelschar durch Porträts verewigt, selbst unbekanntere Jünger wie St. Andreas oder St. Nikodemus. Aber da sie alle Bärte trugen und überaus mild lächelten, hatte man sich auch an denen bald sattgesehen. Wunder tun, schien mir auf die Dauer nicht genug.

Wenn wir dann, als „Präparanden" und „Konfirmanden", auf den Extrabänken vorn im Chorraum sitzen mußten, blickten wir stundenlang auf Altarbehänge mit stilisierten Weintrauben und gediegenen Bibelsprüchen. Nur um die Ecke rum der Deckel über der Kanzel gab uns Rätsel auf: mit einem Pelikan, der sich selbst die Brust aufreißt, um seine Jungen zu sättigen. Das ging wenigstens ein bißchen in Richtung unserer Indianergeschichten.

Dem christlichen Personal fehlten einfach die gemischten Charaktere, Menschen mit Licht- und Schattenseiten – jedenfalls für meinen Geschmack. Das galt genauso außerhalb der Bibel: der steife Dekan aus Castell oder gar der verkrampfte Oberkirchenrat aus München, wenn sie zur „Visite" anreisten und sich, zusammen mit Vater, im altväterlichen Lutherrock spreizten – sie blieben gottähnlich entrückt, nicht ganz von dieser Welt. Wenn sie dann bei uns am Tisch saßen, zum feierlichen Mittagsmahl mit dem Goldrandgeschirr, führten sie das Silberbesteck zum Mund als gäbe es Ambrosia (statt Nudelsuppe) und hoben das Weinglas wie am Altar. Ich versuchte, sie mir nackt vorzustellen oder auf dem Klo, aber es mißlang.

Und als wir eines Tages wieder mal helfen mußten, den Altar mit Bäumchen zu schmücken, zur Konfirmation oder zu Pfingsten – da wollte ich endlich genauer wissen, ob nun wenigstens der Herr Jesus Mensch gewesen wäre (worauf Vater doch immer herumritt in den Gebeten). Als ich auf der ans Kruzifix gelehnten Leiter stand und niemand guckte, da schaute ich dem Gekreuzigten von oben herab hinter den hölzernen Lendenschurz, ob er denn auch ein Geschlechtsorgan hätte wie unsereins (einen „Pinscher" nannten wir das damals). Es war wie vermutet: er hatte nicht. Wahrscheinlich handelte es sich bei meiner Untersuchung vor allem um eine Mutprobe, so wie jeder Ministrant mindestens einmal vom geweihten Meßwein trinken muß. Zugleich vollzog ich einen zutiefst protestantischen Akt: ich prüfte selbst, statt Autorität, wie hoch auch immer, einfach anzuerkennen.

Die Infragestellung des Glaubens, der Zweifel am Dogma, die Verneinung zuletzt der ganzen christlichen Lehre – vermutlich ist es das, was „Pfarrers Kindern" als Grundlage für den Regelfall des „Nichtgedeihens" bescheinigt und durch den Vergleich mit „Müllers Vieh" drastisch vorgehalten wird. Als historische Kronzeugen dafür werden neben vielen anderen gern Friedrich Nietzsche oder Gottfried (!) Benn angeführt. Meine eigene, vom stets wachen Auge für namenlose „Leidensgenossen" vielfach überprüfte Erfahrung legt die Vermutung nahe, daß wir unsere – berufsbedingt – besonders „anständige" Erziehung erheblich schwerer an die schnöde Wirklichkeit anzupassen in der Lage sind als andere. Nicht etwa nur der Pfarrer – seine ganze Familie befindet sich ständig auf einer Art Präsentierteller, zumal dem des Dorfes. Im erzwungenermaßen vorbildlichen Leben sammelt über Jahre sich Sprengstoff an für bewußte Abweichungen von geltender Moral, gar provokatives Antichristentum. Das unumgängliche Doppelleben des Predigers im häuslichen Alltag spitzt den Widerspruch für aufmerksam beobachtende Kinder noch zu. Darüber hinaus entfalten sich natürliche Abwehrkräfte gegen jede überdurchschnittliche Überschüttung mit Frömmigkeit. Eigentlich hat unsereins dann alles, was für die Laufbahn eines schwarzen Schafs erforderlich ist.

Glücklicherweise hielt häusliche Frömmigkeit sich bei uns einigermaßen in Grenzen. Wie unser Wohnzimmer nicht Dürers „Apostel" und „Betende Hände" schmückten, sondern van Goghs Sonnenblumen oder Moritz von Schwinds Wiesenbach (indes über dem Klavier immerhin flämische Engel musizierten), so wurden wir auch nicht den ganzen Tag auf den „Heiland" verwiesen und den „lieben Gott". Zwischen den Ritualen im Kinderbett –von „Wie fröhlich bin ich aufgewacht" bis zu „Müde bin ich, geh zur Ruh" – war der Herr Jesus mit „Vater segne diese Speise" in die warme Mahlzeit einbezogen; beim Frühstück und gegebenenfalls beim (Nachmittags-)Kaffee blieben wir unter uns, beim Abendessen regelte es sich von Fall zu Fall. Das gemeinschaftliche Händeschütteln mit dem chorischen „Fröhlich sei das Mittagessen", wie es pietistischere Pfarrhäusern praktizierten, unterblieb (zur Zufriedenheit von uns Kindern – denn von Spinat bis Graupen gab es oft eher weniger fröhliche Speisen).

Was über das durchschnittliche christliche Elternhaus vermutlich hinausging, waren Morgen- und Abendandacht: die erste vielleicht eine Viertelstunde lang, die zweite etwas kürzer – und beide mit Gesangbuch am Klavier. In der Frühe verlas einer der Erwachsenen nach ein paar Liedstrophen das fällige Tagesblatt des Neukirchner Losungskalenders, das man sich als ein Art religiösen Nescafé vorstellen muß. Danach gab's ein Kurzgebet von Vater, abschließend die übrigen Strophen des Gesangbuch-Lieds. Am Abend verlief es ähnlich, bis auf das Losungsblatt.

Die frommen Rituale blieben formal; innere Beteiligung, privates Bekenntnis sozusagen, wurde weder erwartet noch gar erzwungen. Einzuhalten war eine gewisse Feierlichkeit, erwünscht eine ernste Miene: auch so entsteht Theater. Als ich einmal laut herauslachen mußte, weil es in einer Strophe hieß „Ach, ich bin viel zu blöde" – da spielte Vater einhändig weiter und gab mir mitten im Vers eine Ohrfeige. Ausnahmen von der geistlichen Stimmung mußten sein. Die Botschaft der Kalenderblätter kam meistens ziemlich krampfig daher; sie lehrte das Weghören. Überhaupt glaube ich, daß diese Andachten weniger auf die Moral als auf die

Ordnung wirkten: sie gaben den Tagen einen manchmal lästigen, immer jedoch verläßlichen Rahmen, nicht zuletzt dadurch, daß sie im Normalfall die ganze Großfamilie um's Klavier versammelten, Vikare, Dienstmädchen und Gäste eingeschlossen.

Unser Pfarrhaus war, auch nach dem Krieg, voll von Gästen und Kostgängern, sogar im buchstäblichen Sinn. Wir hatten einen Vikar, der kam selbst vom Land und hatte zu jeder Gelegenheit ein angebliches Lutherwort auf seiner genäschigen Zunge: „Die Hauptsach ist, wenn's schmecket!" Prediger der inneren und der äußeren Mission drückten sich die Klinke in die Hand, brachten Blättchen über unglaubliche Bekehrungsgeschichten mit an die Tafel. Beim Essen aber langten alle zu. Ein Dienstmädchen verschluckte, bis es auffiel, wochenlang die Kirschkerne vom Nachtisch, weil sie sich nicht traute, sie auszuspucken. Eine Katechetin aß von den Beeren der Weintrauben nur das Innere und sammelte die Häutchen auf dem Tellerrand. Das einzige, was Vater – zu unserer großen Genugtuung – nicht mochte, war die Haut auf der warmen Milch. Wir Kinder lernten allerlei Eigenheiten und Gewohnheiten kennen.

Theologisch und kirchenmusikalisch interessierte Studenten verlebten ihre Semesterferien im Pfarrhaus, brachten Neuigkeiten mit. Eines Tages kam Werner Ficke, der an magische Kräfte glaubte, obwohl oder weil er Physik studierte. Er nahm eine biegsame Astgabel in beide Hände und wanderte damit langsam durch unseren Garten – und wenn sie ausschlug, sollte angeblich tief in der Erde Wasser sein. Er nannte es „Wünscheln" und zog alle damit so in seinen Bann, daß Vaters Sekretärin, die wir Fi-Hü nannten, sich vorübergehend sogar mit ihm verlobte.

Ich sehe ihn noch mit fast geschlossenen Augen suchend durch unser Gartentor treten, hinter ihm Vater, dahinter der „Elfer", am Ende „Fi-Hü" und Alma, unser Dienstmädchen – jeder von ihnen eine V-förmige Haselnußgerte in den Händen, die ab und zu ausschlug. Und ihren Gesichtern merkte man an, daß sie die Kraft aus der Tiefe spürten. Ich bat Werner Ficke, über dem Eisendeckel der Jauchegrube zu wünscheln – und als seine Astgabel sich heftig zu drehen begann, glaubte ich nichts mehr, denn Herr Seitz hatte, was er nicht wissen konnte, die Grube gerade zwei Tage zuvor geleert.

Die Zauberer in meinen Legenden, die konnten wirklich zaubern: Schlösser und Gold, Buckel dran und Nase ab. Grimms, Hauffs, Andersens Märchen – ich kannte sie alle. Anfangs lasen Mutter oder Tante Maria sie uns vor, nicht selten, bei Verdunkelung oder Stromsperre, vor der offenen Ofentür im Widerschein der Glut: „Der große und der kleine Klaus", „Kalif Storch" oder „Die Bremer Stadtmusikanten". (Moment mal – fangen die nicht mit „Müllers Vieh" an, dem unverdrossenen Esel?) Und dazu schmorten die Bratäpfel auf dem Ofen, wirklich.

Bald nach dem „Wünschler" kam dann ein neuer Vikar, Werner Koch, der konnte fast echt zaubern – mit Eiern unter der Mütze und Bonbons aus der Nase. Und weil er Locken hatte wie der eine Engel aus dem „Kleinen Gottbuch", der mit dem Flammenschwert (auch eine Art Zauberei), nannten wir ihn den „Cherub"; das war eine Figur im „Paradeis", aus „Lobt Gott ihr Christen alle gleich" (Gesangbuch Nr. 74).

Was die Lieder angeht, so machten sie die Andacht meist eher erträglich, gar zu einem Vergnügen. Oft durften wir Kinder uns ein Lieblingslied wünschen oder es wurde um die Wahl gefeilscht. Die meisten Gesangbuch-Nummern kannten wir aus dem ff – bis heute vermag ich sie „herzubeten": „Lobe den Herren" zum Beispiel Nr. 12, na klar, oder Nr. 24 „O Gott du frommer Gott". Morgens beliebt war „Die güldne Sonne voll Freud und Wonne" (Nr. 433) und „Morgenglanz der Ewigkeit" (Nr. 437). Als Renner am Abend galten Nr. 460 („Mein schönste Zier"), Nr. 463 („Nun ruhen alle Wälder") sowie Nr. 472 („Wo willst du hin, weil's Abend ist"). „Wach auf mein Herz und singe" (Nr. 435) liebte ich allein wegen des Beginns der dritten oder vierten Strophe: „Sprich ja zu meinen Taten!" Ich verstand das als eine an Eltern und Lehrer gerichtete Aufforderung, meine sicherlich auch am angebrochenen Tag zu erwartenden Streiche grundsätzlich anzuerkennen. Die Mahnung gefiel mir.

Weder Botschaft und Inbrunst der Gesangbuch-Lieder noch ihre Texte und Melodien sind ausgesprochen das, was Lust und Geschmack von Kindern begeistert. Da ich aber nun schon mal täglich damit leben mußte, suchte ich der Sache natürlich das Beste abzugewinnen. Das betraf vor allem die Sprache und hat damit zu tun, daß das Bayerische Evangelische Gesangbuch merklich von Poeten des 17. Jahrhunderts geprägt war. Todesnähe und Friedenssehnsucht, von der Erfahrung des Dreißigjährigen Kriegs getränkt, durchwirken diese Gedichte. Marterpfahl und Drachen, der Kampf des Guten mit dem Satan, Naturharmonie und Liebesverzückung spornen die Musik zu vielfältigem Ausdruck an. Das „Haupt voll Blut und Wunden", „ein herzerquickendes liebliches Licht", „deiner Güte Morgentau", „das große Weltgewichte", „die unverdrossene Bienenschar" und „Salomonis Seide" – das waren geheimnisvoll glitzernde Glieder eines tönenden Glasperlenspiels. Aus „Es kommt ein Schiff gela-ha-haden" und „Laß uns im Fi-hi-hihinstern tappen nicht" (Nr. 702 bzw. Nr. 457) baute ich mir Abenteuer-und-Phantasy-Geschichten von großem Reiz.

Der fremdartige Wortschatz zahlreicher Lieder tat ein übriges, mich in eine Kunstwelt zu entführen. Da hieß es „zeucht ein" (statt „zieht ein"), „geschicht" (anstelle von „geschieht") oder spat (für „spät") – und aus „jetzt" zum Beispiel wurde „jetzund" oder gar „itzt". Die Herren „Immanuel" und „Zebaoth" zogen zur Musik als

„Pilgrime“ herum und bekamen von „Zion“ ein „Kleinod“ oder „Palmen gestreut“. Viele mir unverständliche Wendungen verschmolzen durch die dauernde Wiederholung zu selbständigen Bildgestalten: „Nachdruck-ohn-Verdruß“ (aus Nr. 24) sah für mich aus wie eine Hexe auf dem Besen – und „sei gepreist“ (Nr. 479) kam als „Seigepreist“ daher wie der Gruß eines behelmten Ritters.

Natürlich kann ich ganze Serien von Strophen bis heute noch auswendig. Von den unzähligen „weltlichen“ Liedern, die wir lernten, ganz abgesehen.

Fast versteht sich von selbst, daß wir unser musikalisches „täglich Brot“ auch vielfältig in unsere Spiele einbezogen – vom Kaspertheater bis zur Pedal-Begleitung auf dem Fahrrad. Als nach dem Krieg ein frommer Schneider in Zeilitzheim auftauchte, Adeodat Reuter, der uns von da an höchst unbiblisch die Hosen anmaß, andererseits Vater hin und wieder beim Verlesen des Evangeliums würdig vertrat – da dichteten Klaus und ich über ihn sogar ein eigenes Lied. Es hatte ziemlich viele Strophen und ging nach der Melodie von Nr. 464 („Der Tag mit seinem Lichte“). Leider weiß ich heute nur noch einen Vers, der ungefähr so lautete: „Er ist ja unser Schneider / und näht uns unsere Kleider / Doch kann er auch gut beten / und liest uns die Propheten / Der Lektor Zeilitzheims.“ (Und die letzte Zeile bildete den Refrain.)

Paul Gerhardt ist zweifellos der Größte unter jenen Dichtern. Bemerkenswerterweise hat er gerade auch uns Kinder sehr angesprochen. Nicht nur mit „Geh aus mein Herz“, das ja über die Kirche hinaus berühmt geworden ist. Auch die anschaulichen rhetorischen Fragen von „Ich singe dir mit Herz und Mund“, von kraftvoll knappen Vierzeilern gebündelt, blieben mir im Gedächtnis: „Wer hat das schöne Himmelszelt / hoch über uns gesetzt?“ Oder: „Wer macht es, daß man Öl und Most / zu seinen Zeiten findt'!“ „Ein Lämmlein geht und trägt die Schuld“ erregte meine Aufmerksamkeit dadurch, daß es die Zwiesprache zwischen Vater und Sohn richtiggehend dramatisiert – man konnte sich die Auseinandersetzung einfach lebhaft vorstellen (selbst wenn es für mein Empfinden ein bißchen zu viel um Opfer und Leiden ging).

Matthias Claudius, Schöpfer von „Der Mond ist aufgegangen", kam ebenfalls im Gesangbuch vor – z. B. mit der hübschen Landwirtschafts-Poesie von „Wir pflügen und wir streuen" (Nr. 23) – begegnete uns aber auch ganz „weltlich". Sein Gedicht „Der Winter ist ein rechter Mann / kernfest und auf die Dauer ...", bei der Weihnachtsfeier in der Schule vorgetragen, habe ich noch heute im Ohr. Und sein Lied vom „Herrn Urian", mit Vorsänger und Refrain, erklang zuhause oft in geselliger Runde.

Überhaupt waren musikalische Dramatisierungen ganz nach meinem Geschmack. „Wißt ihr noch, wie es geschehen?" und „Was soll das bedeuten?", zwei meiner „Schlager", erzählten die Weihnachtsgeschichte wie ein Abenteuer. (Wahrscheinlich war das auch der Grund, weswegen sie nicht im Gesangbuch standen.) Und das „Quempas"-Singen, das Vater in die Adventsliturgie einführte, verteilte die Rollen einer Art von Bethlehem-Story schon fast bühnenreif im Kirchenschiff.

Nr. 400 schließlich („Befiehl du deine Wege") fiel völlig aus dem Rahmen: das jeweils erste Wort seiner 15 Strophen erschien fett gedruckt – hintereinander gelesen bildeten diese Wörter eben den Bibelvers, von dem das Lied handelte. Solch ein Kunststück faszinierte mich. Außerdem war irgendwo in der siebten oder achten Strophe ein Druckfehler enthalten, der einzige, den wir kannten, im ganzen Gesangbuch – und also für die Nähe dieses gottgeweihten Goldschnitt-Buchs zum menschlichen Mängelbereich von unentbehrlicher Beweiskraft.

Es gab einen letzten, nicht unbedeutenden Vorteil des Gesangbuchs: seine gotische Druckschrift. Beim Singen mit den Erwachsenen lernte ich ihre unangenehm verbogenen Lettern ganz nebenbei buchstabieren und war dadurch in der glücklichen Lage, auch Vaters Jugendbücher lesen zu können. Eben in jener Fraktur gesetzt, staubten sie sonst auf dem Speicher vor sich hin: „Der gute Kamerad" vor allem oder „Das Universum" – beide mit tollen Mischungen von Spannung und Sensation, Basteln, Knobeln, Technik und Experiment. Gleiches traf auf Abenteuerromane zu, wie den „Schatz auf der Flibustierinsel" oder „In den Schluchten des Prisats" (von Edmund Kiss), bebilderte Schlachtenbeschreibungen von 1870/71 oder die „Sagen und Skizzen aus dem Steigerwald", in denen es von Kobolden und mitternachts mit dem Kopf unterm Arm herumgeisternden Unholden geradezu wimmelte.

Es war nicht etwa so, daß wir uns aus schierer Begeisterung für die gotische Schrift auf diese Literatur gestürzt hätten. Vielmehr galten Bücher nach dem Krieg als Mangelware. Das Papier hatte man rationiert, jeder Druck mußte die Zensur der Militärbehörde durchlaufen. Und wer weiß – vielleicht fanden die Schriftsteller, die jene bösen Jahre überlebt hatten, auch noch keine rechte Muße, uns Kindern hübsche Geschichten zu erzählen. Hanns Beckers zum Beispiel – er war zwar kein Dichter, aber doch ein richtiger Künstler, der sich in Zeilitzheim verkrochen hatte. Ihm schien das Malen vergangen angesichts der Nazis und im Schrekken der Bomben. Oft kam er ins Pfarrhaus herüber aus seinem kalten Kämmerchen im Schloß, um seine Schnurren zu spinnen und uns Kinder um sich herum zu haben. Er liebte uns und wir hingen an ihm, schrieben ihm später noch lange Briefe.

Der Hunger des Malers aber nach Farbe, seine Sehnsucht nach einem Ende des grausig-grauen Alltags übertrug sich, da er keine Bilder mehr zustande bekam, aufs Essen. Wie oft bettelte er Mutter an, ob sie nicht „wat Raffiniertet" für ihn hätte (er stammte aus dem Rheinland), ein Scheibchen Wurst oder etwas vom Eingemachten … Und eines Tags im Frühling ließ er sich meine drei Teddybären geben – Dachs, Böh und den Goldigen – setzte sie auf's Sofa und begann, sie zu malen. Danach ging er hinaus in den Hof und nahm sich unsere Waschküche vor mit seiner Palette. Fertig damit, stieg er auf den „Allerberg" und malte das Schloß, dahinter die Kirche. Er malte und hörte nicht mehr auf zu malen. Es war Mai, die Sonne schien – der Krieg war zu Ende. Über uns Kinder, unser unschuldiges Spielen, hatte er wieder Zutrauen zu sich, vielleicht Vertrauen zu den Menschen, jedenfalls Lust zum Leben und zum Malen gewonnen.

Wie gesagt, vielleicht ging es vielen Dichtern nicht anders, seelisch und materiell. Jedenfalls schien es eine Weile zu dauern, bis sie die Sprache wiederfanden. Seit ich einigermaßen lesen konnte, lang vor der Einschulung – nahm ich jede der seltenen Gelegenheiten wahr, wenn wir zu größeren Besorgungen nach Würzburg fuhren, um von meinem Taschengeld ein neues Buch zu erstehen. Meine Bücher waren meist auf graugesprenkeltem Wiederverwertungs-Papier gedruckt und bloß mit Fäden geheftet oder dürftig gebunden. Ihre Handlung spielte gern in den wirren Großstadt-Verhältnissen jener Nachkriegszeit – also zwischen Trümmern und Kellern, Hamsterei und Schwarzmarkt, Kriegsheimkehrern und Militärpolizei. Eigentlich brauchten die Schriftsteller sich damals nichts Besonderes auszudenken: das Leben verlief abenteuerlich – und uns konnte es nur recht sein. „Laube Nr. 7" und „Flunki", „Tips Bande fliegt auf" oder „Piddl Hundertmark" haben wir verschlungen.

„Wir", das waren nicht nur wir Pfarrerskinder. Auf unserem Dorf gab es ein beträchtliches Interesse an Jugendbüchern. Zeitschriften für uns Jüngere, wie „Liliput" und „Rasselbande", kamen gerade erst auf. Immerhin existierte noch kein Fernsehen und praktisch kein Kino.

Manchmal, unregelmäßig, kündigte ein Wanderkino durch Anschlag beim Hauckebeck sich für Sonntagnachmittag an und versetzte uns von da an in eigentümliche Erregung; leider rührte sie vor allem daher, daß bis zuletzt immer keiner wußte, ob die ersehnte Darbietung im Tanzsaal der „Sonne" auch tatsächlich stattfinden würde. „Tarzan in New York", meinen zweiten Film (nach „Toxi, das arme Negerkind"), habe ich in mindestens drei unfreiwilligen Fortsetzungen erlebt: meistens verhaspelte sich die Filmspule und der Streifen riß – oder es platzte eine Lampe am Vorführgerät. Und wenn alles zu klappen schien, wurde todsicher wieder einmal eine Stromsperre verhängt. Über unserem Dorfkino stand kein guter Stern.

Kurz und gut: auf Gedrucktes konnte man sich einfach verlassen. Als ich daher eine, wie ich meinte, ansehnliche Reihe von Büchern zusammenhatte, trat ich in einer Mischung aus Besitzerstolz und Handelsgeist auf den Plan. Ich numerierte meine Exemplare durch, versah sie mit einem Stempel (den ich zum siebten oder achten Geburtstag bekommen hatte) – und eröffnete meine Privat-Bibliothek: Ausleihe 5 Pfennige, Leihfrist nach Absprache. Neben Straßekehren (25 Pfennige) und Schachern mit Altmetall verfügte ich nun über eine nicht unbedeutende Einnahmequelle, dazu von volksbildnerischem Wert. Ich erinnere mich, daß „Die Schatzinsel" und ihre (vielen unbekannte) Fortsetzung „Käpt'n Silver" zu den Rennern gehörte. Beliebt waren auch „Kapitän Bontekoes Schiffsjungen" – was mir ebenfalls gefiel, denn sie kosteten die doppelte Leihgebühr: der Roman trug die Nummer 51 und war, bei schätzungsweise 400 Seiten, mein mit Abstand dickstes Buch.

Seefahrer-Abenteuer gehörten, wie man bemerkt haben wird, zu den Favoriten unter uns Landratten. „Sigismund Rüstig" beispielsweise, einer unserer Lieblingshelden, lebte meiner Erinnerung nach auch auf einer Insel. Und da er fromm war und sich am Schluß irgendwie für die anderen opferte, galt das Buch als pädagogisch besonders wertvoll. Zur gemeinsamen Lektüre traf der evangelische Jugendkreis sich einmal in der Woche im Gemeindesaal des Pfarrhauses, der uns unter anderem als Tischtennisraum diente. Dort las Vater dann über Monate ein spannendes Buch vor, abschnittweise wie einen Zeitungsroman in Fortsetzungen. Nach „Sigismund Rüstig" kam „Jürnjakob Swehn, der Amerikafahrer" dran. Aber da ließ die Neugier schon ein bißchen nach – zu oft walzten mittlerweile die Amerikaner mit Panzern und Trucks durchs Dorf. Die „Neue Welt" lag vor der Tür.

Der unbestrittene Knüller jedoch, das Gespräch der evangelischen Dorfjugend über Monate, kam danach: „Die wilden Jungen von der Feuerburg". Einen Winter lang hielt die Spannung an, ob und wie Theo und die anderen dem Goldschatz auf die Spur kämen, ob der Geheimgang unterm Bergfried die Lösung enthielt, „Doktor Teufel" ihnen etwas antun würde, sie vielleicht gar umbringen! „Kratzer, bist du's?" – ein Schlüsselsatz der Geschichte – wurde zum geflügelten Wort unter uns. Aber es ging alles gut mit den wilden Jungen. Nur Doktor Teufel fand den Tod und unser Mitleid, weil er ja gar nichts Böses gewollt hatte.

Eines Tages, nachdem eine Zeitlang die „Höhlenkinder" vorn lagen, kamen dann sogar die „Neuen Abenteuer der Jungen von der Feuerburg" heraus und wurden im nächsten Winter gelesen – auch wenn sie natürlich gegen Band I etwas abfielen. Und beinahe hätte ich zu sagen vergessen, daß beide Bücher aus meiner Bibliothek stammten und ich 20 Pfennige dafür nahm – immerhin war's ja sozusagen amtlich und kostete mich mögliche Kunden.

Als ich dann noch nicht ganz acht war, richtete sich mein Interesse am Buchwesen auf neue Ziele: ich begann zu schreiben.

Zuerst entwarf ich eine Abenteuer-Geschichte, in der wilde Jungen echten Verbrechern, Falschmünzern auf die Spur kamen. Eine Super-Story! Und als mein Onkel Theo zu Besuch kam, der mit Büchern handelte, gab ich ihm stolz meinen Anfang zur Begutachtung. Er lobte ihn sehr, hatte aber Bedenken, ob es sich lohnen würde, 10-Pfennig-Stücke (für mich sehr viel Geld) zu fälschen. Und obwohl er seinen Einwand sehr einfühlsam vorbrachte – er wußte offenbar, wie empfindlich Dichter sein können, zumal junge – packten mich danach große Zweifel an meinem Unternehmen. Mein Bruder Klaus erklärte mir, daß mit der Währungsreform sowieso alles anders wäre, gerade unter Geldfälschern. Das diente mir als goldene Brücke und der Roman blieb Fragment.

Wenige Monate später, als mein Bruder Gerhard geboren wurde, hatte ich mich bereits wieder gefangen. Vielleicht glaubte ich aber auch nur, Lyrik wäre leichter als Roman. Jedenfalls schien es mir so, wenn ich die „Gedichte“ von Herrn Seitz aus Obervolkach las, der immer unsere Jauchegrube ausleeren kam und Vater dabei stets ein Papier mit seiner neuesten poetischen Produktion überreichte. Die Verse reimten sich, waren zeilenweise abwechselnd mit roter und blauer Tinte geschrieben und drehten sich um die örtliche Feuerwehr, Fragen von Schicksal und Glück oder gingen „gegen Adenauer und Konsorten“. Bei Tisch amüsierten die Eltern sich über Paul Seitz' krause Gedanken; aber Vater gab ihm jedesmal ein Extra-Trinkgeld dafür, immerhin handelte es sich um Kunst. Ich dachte, wenn jemand unsere Jauche ausschöpft und dabei noch dichtet – irgendwie spukte mir der Doppelsinn von „schöpfen“ im Kopf – dann sollte ich es auch einmal versuchen.

Es war Januar 1949, kurz bevor jenes Foto entstand, wo ich so tun muß, als schriebe ich „für die Schule“. Ich schrieb aber schon „für's Leben“. Ich machte ein Gedicht auf Gerhards Geburt: zwölf oder vierzehn Zeilen, die sich reimten, jedenfalls mehr oder minder. Und darunter setzte ich: „Jürgen Hofmann, Dichter". Und wenn er sich inzwischen nicht mit Falschgeld auskennt, dann dichtet er heute noch.

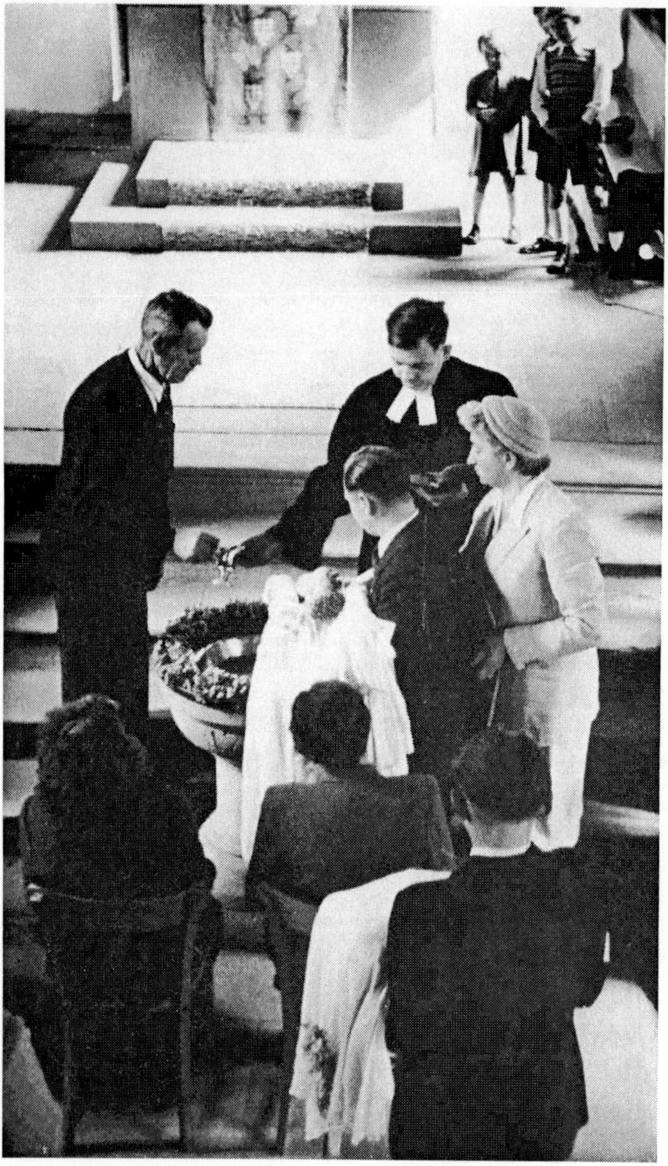

Ins Land der Franken fahren

Es war einmal ein Dorf, da spielten die Kinder den ganzen Tag Fangen oder Seilhüpfen mitten auf der Straße. Im Winter deckten die Häuser sich mit einer Schneedecke zu und schliefen im Stehen. Wenn aber der Frühling zu schnuppern war, hielt es niemand mehr aus zu Hause. Selbst die Pferde im Stall schnaubten und stiegen wiehernd auf die Hinterhufe. Und die Hunde im Hof rissen knurrend an ihren Ketten.

Gegen Ostern hin suchten wir vor der Humpel nach Schlüsselblumen oder Schlotfegern – mit einem Auge natürlich auch nach Patronenhülsen aus den alten Munitionsbunkern; unter unseren Füßen schmatzte das sumpfige Gras. Wir hieben Ästchen ab von den gelben Weiden und schnitzten uns muntere „Pfeifchen".

Mit Pfeil und Bogen, nach Indianerart verziert, ging's gegen die Spatzen im Gemäuer der Kirchgaden und mit dem Mund gegen die Truthähne hinten auf Müllers Wiese. „Pippn, Pippn – bin röder wie du!" Wenn die häßlichen Geschöpfe mit ihren blutroten Köpfen den Spottvers hörten, plusterten sie sich auf und rollten böse Urlaute aus ihren nackten Hälsen. (Warum eigentlich kommen nicht sie in Frage als „Müllers Vieh"?)

Eines Tages platzen die Knospen der Pfingstrosen in leuchtendes Purpur und sprengen die Ameisen von den klebrigen Kugelköpfen in die maiwarme Luft. Über die Backsteinzacken im Garten wölben sich üppige Rhabarberbüsche, die Monatserdbeeren nehmen pünktchenweise Farbe an und oben vom Allerberg wogt ein safrantrunkenes Rapsmeer. Halbe Tage rutschen wir an der Brücke kniend über die Erde und eifern dem Kügeln nach. Wenn alles verloren ist oder wir haben den viel zu langsam sich erwärmenden Boden satt, dann greifen wir in die langen gelben Hängezweige der Trauerweide, stoßen uns vom Ufer ab und schwingen uns weit hinaus übers Wasser, bis der Verwegenste abgestürzt ist. Dann legen wir Stiefel an, aus „Moorebabbel" am Bach, und hinaus geht's zur Stettenburg, um ihre Ruinen als Ritter mit Blasrohren aus Schilfschluten gegeneinander zu verteidigen. Tagelang hielten wir es hier aus im fremden Jahrhundert, mahnte uns nicht das Abendläuten mitten aus unseren Lehensverhältnissen an rauhere Hoheiten zu Hause. Immerhin die Sonnenuhr erweist sich uns von Tag zu Tag gnädiger.

Bald knacken die jungen Erbsen auf dem Feld, wenn man die Schoten an der Naht aufdrückt, und lassen saftige junge Beeren herauskollern. Im prallen Korn flammt der Klatschmohn, dessen Knospen wir im Handumdrehen in zierliche Damen mit schwarzem Fransenköpfchen und bauschigem Reifrock zu verwandeln wissen. Heuschrecken, die so komisch in der geschlossenen Faust kribbeln, müssen für uns um die Wette springen. Und auf dem Sportplatz ziehen wir die Hemden erst mit der Dämmerung wieder an.

Wenn die Glocke verklungen ist, hole ich Milch bei Stahlers, manchmal auch bei Pröschel oder Dollinger. Die Aluminiumkanne in der Hand, stehe ich im Stall und sehe der Bäuerin auf dem Melkschemel zu, wie sie abwechselnd mit beiden Fäusten einen kräftigen Strahl aus den rosa Zitzen preßt, daß der Eimer weiß aufschäumt. Aus verträumten großen Augen blinzeln die Kühe mich wie unbeteiligt an, während sie mit wedelndem Schwanz die Fliegen verscheuchen. Auf dem Hof locken verwirrende Gerüche: von süßem Most und frischem Klee, von herzhafter Blutwurst und harzigen Fichtenscheiten neben dem Holzpflock – alles sanft umhüllt vom Duft der warmen Schwaden, die aus dem Misthaufen aufsteigen, sich über dem Giebel mit den Ausdünstungen des Nachbar-Misthaufens vereinigen, weiter oben mit denen der ganzen Straße, bis zuletzt alle eine unsichtbare Wolke bilden, die als Salut unseres Dorfs am Firmament schwebt, unverwechselbar: Zalzem grüßt den Himmel.

Ein Kastenwagen, überquellend von kinderkopfgroßen rotgelben Futterrüben, klappert von der Herlheimer Straße her den Marktplatz hinauf, knirscht mit seinen eisenbereiften Speichenrädern schwerfällig über das Kopfsteinpflaster. Sälersch Albert ist abgesessen, läuft unter knappem, kaum hörbarem „wiest“ und „hot“ neben dem Gespann her, das gleichmütig Schritt vor Schritt setzt. Wo Lederschnallen den Zug übers Geschirr ans hölzerne Stirnjoch der Ochsen weitergeben, ächzt die Last. Und die langen Halsfalten der Tiere schwenken im Rhythmus hin und her, wenn sie den schweren Gang mit dem Pendeln ihrer gekräuselten Schädel ausgleichen. Ihre schweißige Haut, mehr schon ein Fell, dampft und riecht.

Am Kriegerdenkmal, ausgerechnet, biegt der eine Ochse seinen Schwanz hoch und läßt riesige Fladen, platsch, aufs Pflaster klatschen. Nur unmerklich hat die Fahrt sich verlangsamt und der Bauer duldet's ohne Flüche oder Hiebe: Hauptsache, Wagscheit und Stränge bleiben sauber! Während das Fuhrwerk weiterrumpelt, kommt von gegenüber schon Peter Nitsche mit der Kehrschaufel angelaufen; barfuß wie immer, noch im Oktober, sammelt er den kostbaren Dünger vor anderen ein für eines der Beete im Garten, der den Flüchtlingen unterhalb des Schlosses zum Bach hin eingeräumt worden ist. Auch ich bin's zufrieden: nicht immer nämlich läßt solch größerer Dreck sich heimlich über die gedachte Mitte auf die Seite von Schömigs schieben vorm Straßekehren am Samstagnachmittag mit dem Reisigbesen (25 Pfennige). Und für unser eigenes Mistbeet trägt uns unser Nachbar, Herr Kost, stets eine deftig dampfende Ladung auf der Gabel direkt aus dem Stall in den Garten. Weiß der Kuckuck, wozu's gut sein soll!

Die Straße – auf unserem Dorf ist das kein Fahrzeugweg mit Bürgersteig, noch nicht. Als Dorfstraße ist man keine Straße durch ein Dorf: man ist zuhause hier, ist alles und gehört allen. Es gibt kein Fernsehen bei uns und bis auf ein paar übriggebliebene Volksempfänger eigentlich auch kaum Radio. Das Wichtigste erfahren die Frauen sowieso beim Einkaufen, im Laden und davor: wer Besuch hat oder Streit, wer krank liegt oder ein Kind kriegt, wo geschlachtet wird und wer mit wem poussiert. Die Männer füllen die Wirtshäuser auch unter der Woche – den „Stern", die „Sonne", den „Hirschen" – und wackeln mit den Köpfen über alles Neue, das droht: Entnazifizierung und Lastenausgleich, Flurbereinigung oder Währungsreform. Auf den gebeizten Holztischen spritzt das Düll'sche Bier, wenn Haupts Alfons seine Meinung verkündet hat, Seuferlings Bruno oder Otts Albin. „So it's un nit annersch! Ich soch's euch, Männer!" „Prost Albin!" „Prost Bruno!" „Fonse Prost!"

Auf dem Dorf zählt das gesprochene Wort. Jeder weiß es: vom Pfarrer auf der Kanzel, wenn er seine Pappenheimer mahnt, ohne sie beim Namen zu nennen, bis zum Viehhändler, wenn er doppelt einschlägt zur Besiegelung des Kaufs in die Hand eines mißtrauischen Bauern. Zeitungen haben einen schweren Stand nach der langen Herrschaft des „Völkischen Beobachters"; ellenlange Verlautbarungen der Amerikaner machen „Mainpost", „Volkswillen" und „Steigerwaldboten" nicht beliebter. An einer Holzwand zwischen Gropps und Scherer Beck werben Plakate für das Nötigste: Tanz, Fußball, Raiffeisen und Resi Schmelz. Dann hängt am Aufgang zum Rathaus noch ein kleiner schwarzer Kasten fürs unvermeidliche Offizielle. Die Aufgebote beispielsweise sind hier zu lesen (hinter Drahtgitter, so ein Zufall …) – und was das Gesetz sonst noch so verlangt. Aber eigentlich steht nie jemand davor, um zu lesen. Was wirklich wichtig ist, längst haben alle es durchgenommen, bei Kohles oder Merkel und vom „Hirschen" bis zum „Stern".

Außerdem gibt es dafür schließlich noch eine ganz besondere Institution: unseren lokalen „Nachrichtensprecher". Wahrscheinlich trägt er auch eine amtliche Dienstbezeichnung, „Gemeindediener für öffentliche Bekanntmachungen" oder so. Wir alle kennen ihn nur als unseren Ausscheller, den Grafe Andräs. Andreas Graf galt als leutselig und populär, ich weiß nicht, ob erst durch das Ausschellen oder schon davor (und daher als für die Aufgabe auserkoren). Kurt Dollinger, der eigentlich stolz sein mußte auf ihn, weil schließlich Grafe Andräs „sei Pot" war (also sein Patenonkel), hielt ihn für ab und zu ein bißchen mürrisch. Wir Kinder mochten ihn gern und fanden auch, daß sein Name zu ihm paßte – selbst wenn er nicht im Schloß wohnte, sondern nur in einem niedrigen Haus aus Muschelkalkstein am Gänswasen.

Der Graf wartet stets, bis sich ein paar Mitteilungen angesammelt haben beim Gemeindeschreiber, Niedermeyers Sepp, oben auf dem Rathaus – im Sommer ein paar Tage, im Winter schon mal einige mehr. Wenn es Abend ist und Stallzeit, möglichst aber noch nicht dunkel, steckt er das Papier mit den Nachrichten sorgfältig geknifft in die Jackentasche seines grauen Anzugs, greift sich seine messingne Handglocke, die „Schelln", mit dem blankpolierten Holzgriff – und macht sich auf zu seiner Runde durch's Dorf.

Unter uns Kindern spricht es sich schnell herum, wenn Grafe Andräs unterwegs ist. Wir kennen seinen Weg, die Stellen, an denen er spricht. Und schon bald nach seiner ersten Verlesung folgen wir ihm und seiner Schelle in Scharen wie dem Rattenfänger von Hameln: vom Gänswasen zum Felsenkeller an der „Brünnschter Straß" bis rauf zum „Schaffer" (dem Schäfer Hümmer), vor Wagner Berger, zwischen Ott und Bäuerlein, hinter der Brücke an der „Jüdegass", am Marktplatz und … – ja wo noch?

Der Graf gehört zu Zeilitzheim wie der kurzsichtige Herr Bille, der oben bei Kohles im Leimgeruch seinen Schuhzwirn mit der Ahle zieht, wie der würdige Adeodat Reuter oder der „blöde" Michel, der unsere Hänseleien immer mit treuherzigem Lächeln quittiert. Jede Bewegung des Ausschellers ist uns vertraut. Ich bin sicher, ich könnte ihn vertreten, wenn er einmal krank wäre: oft genug und zu allgemeiner Begeisterung mache ich ihn zu Hause nach. Aber Grafe Andräs, hager von Gestalt und von gesunder Stimme, wurde nicht krank, niemals. Er lief durch das Dorf; wenn es soweit war, sein Dorf, bei Wind und Wetter, gewichtig und auch ein bißchen elegant, setzte seine amtliche Miene auf und zwinkerte uns zwischendurch kaum merklich zu.

Der Graf ist unterwegs. Zwischen zwei Stationen klemmt er die Schelle unter den Arm, fängt da eine Neckerei auf und setzt dort eins drauf – um schließlich schnurstracks auf immer den gleichen Platz zuzusteuern. Ob es da eine Vertiefung im Boden gibt von seinem oftmaligen Stehen oder geht er nach dem Echohall seiner Glocke, wer weiß. Jedenfalls beginnt er wenige Meter vor seinem Standort, sagen wir am Kriegerdenkmal, mit dem Schellen, geht dabei mit Schwung ein paar Schritte hin und her, fast wie ein Hund, bevor er sich niederläßt. Zu einem letzten Schlenker und Schellenton, mit einem Schnörkel voller tiefer Grazie, steckt der Graf das Instrument unter seine linke Achsel und deutet eine leichte Verbeugung an. Im selben Augenblick schon hat er das Papier aus der Jackentasche gezogen, setzt einen Fuß vor – und während er es gravitätisch entfaltet, alles noch im ausklingenden Rhythmus von verstummter Schelle und erstorbenem Schritt, hebt er bereits in kräftigem Ton zu seinem Vortrag an, stets mit den gleichen Worten, mit gleicher Betonung, Gebärde und Melodie: „Der Gemeinde ist Folchendes bekanntzugeben …“

Am Kriegerdenkmal, mit Blick auf Pfarrhaus und Kirche, sprach Grafe Andräs nicht ungern. Er verstand sich als Gemeindediener durchaus im Sinn von weltlicher Obrigkeit (und ein Scharmützel um eine weiße Hochzeit vergaß er dem Pfarrer auch nicht so schnell). Bei der standesamtlichen Heirat trat er dementsprechend formvollendet auf – mit blazerähnlicher tiefblauer Jacke und einer Art Schildmütze. Dienst ist Dienst.

Was der Graf seiner Ankündigung folgen ließ, war für uns Kinder ohne Bedeutung: Gemeinderatsbeschlüsse, Maul- und Klauenseuche, Manöverschäden, Milchablieferung, Sperrstunden ... Nur die „Bekanntmachung" eines Fahrraddiebstahls – „damals und auf dem Lande" ein kriminelles Ereignis – hat dank ihres bauernschlauen Schlusses in meinem Gedächtnis überlebt: „Der Täter wurde erkannt und wird hiermit aufgefordert, sich selbst zu melden!" Graf Andräs schaut streng in die Runde, als wäre er von lauter Dieben umgeben, faltet seinen Zettel zusammen und strebt, ehe du dich's versiehst, schon dem nächsten Ziel zu, wo er erneut die Bimmel schwenkt. „Der Gemeinde ist Folchendes bekanntzugeben ..." Eine Glocke, die nie verklingt.

„Flurbereinigung" war das Dauerthema der „Bekanntmachungen". Monatelang zogen Männer mit Meßlatten und aufgebockten Fernrohren ums Dorf herum. Aus irgendeinem Grund fanden sie gerade unseren Bach zu krumm und, wer weiß, vielleicht auch zu morastig. Jedenfalls schachteten sie neue Gräben aus, sägten jede Menge Bäume am Ufer einfach um. Wenn sie dann die Wurzeln in die Luft sprengten, wurde es spannend – sogar mit einem bedrohlichen Hornsignal, daß man Gänsehaut bekam. (Und als sich die Fremden mit dem Dynamit verrechneten, segelte tatsächlich ein ganz schöner Brummer mitten übers Dorf, donnerte bei Roßmarks krachend ins Dach!)

Nachdem man die Flur dann bereinigt hatte, konntest du unsern guten alten Bach kaum wiedererkennen – so zusammengestutzt, eingezwängt und kahlgeschoren sah er aus, wie ein Bauernbursch nach seinem ersten Tag als Rekrut. Der Bach, unser Bach, war gestorben. Die Libellen und Bachstelzen meinten das offenbar auch: sie blieben verschwunden auf Nimmerwiedersehn.

Durch das Dorf meiner Kindheit geht man zu Fuß oder sitzt auf einem Fuhrwerk. Hier holpert der alte Mannsnickel mit einem Sack Kartoffeln auf dem Schubkarren übers Pflaster, dort stottert Dreschs Alfons, unser Tüncher, die Leiter geschultert, immerhin mit einem Hilfsmotor-Fahrrad die Straße entlang. Für Bulldogs, wie die Traktoren bei uns hießen, haben die Bauern vor der Währungsreform noch kein Geld (danach war's bald mit der Ruhe aus). Selbst Fahrräder bleiben noch einige Jahre Mangelware. Während des Kriegs besitzen wir eines, das vor allem für die Fahrten zu den Großeltern in Castell gebraucht wird: sechs Kilometer bis zum Gerolzhöfer Bahnhof – und von Wiesentheid aus nochmal die gleiche Strecke.

Klaus auf dem Gepäckständer, ich im Kinderkorb vorm Lenker, folgen wir willig allen Ablenkungen, mit denen Mutter uns die beschwerliche Reise ebenso vergessen zu machen sucht wie das Brummen der unsichtbaren Flugzeuge am Himmel. Wenn wir laufen müssen, bergauf, tragen wir die Namen der Pflanzen am Wegrand zusammen: „Tausendgüldenkraut", „Rittersporn" und „Wegwarte", märchenhafte Kräuter, Gräser und Farne. „Hahnenfuß" und „Wolfsmilch", „Wiesenschaumkraut" und „Kuckuckslichtnelke" … Alles lebt – lebt, summt und erzählt! Bergab singen wir „Widele wedele" oder „Früh wenn der Hahn kräht" und auf meinen besonderen Wunsch gibt es hinter Rüdenhausen stets das weihnachtliche „Wa-has soll das be-hedeuten?", mitten im Hochsommer. Im Krieg ist alles möglich. Zwischendrein üben wir den zungenbrecherischen Namen des seltsamen Gebäudes, an dem wir auf dem letzten Stück immer vorbeikommen: „Holzbiegemaschinenfabrik" – bis der rötlichgelb gemusterte Klinkerbau von Opas Schulhaus uns vertraut entgegenleuchtet.

Als der Krieg dann ganz nah ist, müssen die Eltern auch das Rad abgeben, damit es rollt für den Sieg. Noch lange danach klappern Radfahrer auf bloßen Felgen durchs Dorf oder hoppeln auf Vollgummireifen vorüber. Eines Tages besitzen wir immerhin wieder ein Damenfahrrad (wenn auch ohne Gepäckständer und Licht), mit dem ich das Fahren lerne. Aber in der Nacht, als Wadenbrunn brennt, der große Gutshof ein paar Kilometer von Zeilitzheim, macht wohl ein Schaulustiger sich die allgemeine Aufregung zunutze, um es zu entwenden. In meiner Erinnerung verschmilzt der Diebstahl mit dem schauerlichen Hornsignal, mit dem bei uns Feuer geblasen wurde – und wenn ich den nächtlichen Alarm höre (viermal derselbe getragene Ton, punktiert, dann eine Quarte runter), steigt Qualm auf in Augen und Nase, brennt das lodernde Feuer mir fast auf der Haut: Wadenbrunn, dann Öttershausen, Funken stieben auf von Wagners Scheune, fliegen in Schwärmen über die Schule – und wie die Gestänge der Dreschmaschine sich knarrend verbiegen in der grellen Hitze, erkenne ich plötzlich mitten zwischen den prasselnden Flammen mein geliebtes Fahrrad … (Dabei wurde es doch schon wenige Wochen später wiedergefunden, achtlos in einem Straßengraben abgelegt.)

Vater hatte inzwischen ein Leichtmotorrad geerbt, das ihm den Besuch seiner Diaspora-Gemeinden zwischen Volkach und Lindach ermöglichte. Es war ein „Sachser" (also eine 98-Kubik von Fichtel & Sachs in Schweinfurt), der knatterte, furzte und stank, bis ihn eines Tages eine NSU Quick ablöste, der dann endlich die vornehmere „Ardie" folgte. Nach der Währungsreform schließlich, vielleicht 1949, verkaufte Vater seine schwere „Zündapp" an den stoppelhaarigen Ignaz, den Knecht von Augusta, der ein bißchen verrückt war. Bald darauf bekam ich mein erstes Fahrrad, ein „Herkules" von Kesselring, für den Schulweg nach Gaibach. Es war das Ende der Nachkriegszeit.

Pünktlich zu Beginn der fünfziger Jahre brachte Vater einen nagelneuen Volkswagen als Dienstfahrzeug nach Hause, einen Käfer im Einheitsgrau der Zeit, mit geteiltem Rückfenster und dem A/B-Nummernschild der amerikanischen Besatzungszone. Der VW verfügte über einen Anlasserknopf, den man auch ohne Schlüssel betätigen konnte, wenn der Wagen im Holzschuppen stand (und Vater gerade einen Kranken besuchte): das Auto machte dann einen Ruck, vielleicht nur zwanzig Zentimeter – genug für den Traum von der großen Fahrt. Das Originellste aber war der Winker: ein roter Zeiger für das Abbiegen rechts oder links, der bei Bedienung einer Art von Lichtschalter am Holm hinter der Tür im 90°-Winkel austrat wie ein Stehaufmännchen. Unsere Autos hatten ein bißchen was von einem Spielzeug.

Noch bilden die Autobesitzer bei uns eine höchst übersichtliche Minderheit, überschaubar auch von uns Kindern auf der Straße. Der Arzt gehört dazu, Dr. Brückl, mit einem grünlichen DKW, Albin Kress von der Gärtnerei und Robert Hauck mit seinem tuckernden Dreirad-Lieferwagen. Schon, daß diese Vehikel ausgerechnet Namen wie „Goliath“ tragen oder „Tempo“, zeigt, wie wenig ernst die Autos noch genommen werden; ihre Anbetung steckt sozusagen noch in den Kinderschuhen. Oft klingen die Hupen wie die von Motorrädern oder sogar wie die quäkende Stimme eines Teddybärs. Selbst der gelbe Postbus, früh und abends, schwankt eher gemütlich über den Marktplatz. Und Anton Then, wenn er die Milchkannen der Bauern mit seinem Laster holt und bringt, nimmt dessen wenige Pferdestärken buchstäblich als Aufforderung, sich dem gemächlichen Trab des Dorfes anzubequemen.

Manchmal kommen Viehhändler ins Dorf, meist mit einem geschlossenen Wagen für Rinder oder Schweine, die sie dann auf der Gemeindewaage, gegenüber vom Pfarrhaus, wiegen lassen und mit Stockhieben und Körpergewalt über die schräge Lade in den strohbelegten Anhänger, ihren letzten Stall, pressen. Auf der Waage ist immer was los. Hier werden die Kohlezuteilungen abgewogen und Zuckerrüben für die Ochsenfurter Fabrik. Ja sogar Stroh und Mist sind hier zentnerweise zu messen – dann verlassen die schwankenden Fahrzeuge das Dorf nach Osten oder Westen, in den armen Steigerwald oder zu den begüterten Weinbauern am Main.

Zwischen Fuhrwerken und Spielzeug-Autos flitzen die kurzen Jeeps durch unsere Straßen, flott und ein bißchen angeberisch, halt wie richtige Sieger. Bullige Trucks folgen und widerlich rasselnde Panzer. Einmal, bei mißlingendem Abbiegen, reißt einer von ihnen ein Stück Mauerwerk mir nichts dir nichts aus der Brüstung am Schloß und walzt weiter, als hätte er's dem alten Kasten nur mal so gegeben. Auch wenn die stets grinsenden Männer in Tarnfarben und Stahlhelm uns von ihren Fahrzeugen aus zuwinken und Kaugummi zuwerfen oder „Tschoklet" – irgendwie bleiben sie uns unheimlich. Als sie im Oktober auf der Krautheimer Höhe lagern (und von der Panzerkanzel aus unsere Walnüsse ernten!), schenkt mir ein Schwarzer zwei olivgrüne Päckchen mit Kaffeepulver und Trockenmilch, die ich lange aufhob ohne zu kosten. Der Mohr aus dem Struwwelpeter oder der nikkende Missions-Afrikaner, das waren hübsche Märchenfiguren. Aber ein wirklicher Neger – man weiß nie …

Vielleicht habe ich an die schwarze Schuhcreme gedacht, mit der wir uns als Wilde einschmierten an Fastnacht: wie sonst fällt mir jetzt der Nigrin-Vertreter ein? Oder ist es deswegen, weil er zwar immer mit dem Auto anreiste, dieses dann aber stets heimlich abstellte oben hinterm Friedhof? Danach kam er die Straße heruntergestakt – auf meterhohen Stelzen, die unter riesenlangen schwarzen Hosen verborgen waren. Er schwenkte dem Dorf seinen Zylinder zu, warf mit roten Papierfähnchen um sich – und von Zeit zu Zeit rief er den Werbespruch für seine Schuhwichse, den habe ich längst vergessen. Jeden Sommer tauchte er zwei-, dreimal auf, immer nachmittags die Straße von der Gaibacher Seite herunter in den flattrigen Hosenbeinen, gutgelaunt und schnell von uns Knirpsen umringt. Wer ihm den Deckel einer Nigrin-Dose brachte, deren Lack er dann mit einem Nagel einritzte, erhielt einen Blechfrosch – und zu Hause wunderten die Mütter sich über eintrocknende Schuhcreme. Wir sahen die schwarzen Tuchbahnen entlang zu ihm hinauf und knackten in unschuldigem Chor mit den Blechfröschen.

Nach dem Stelzenmann von Nigrin kam der Lumpensammler. Nach dem Lumpensammler bimmelte uns der Alteisenmann um seinen Wagen zusammen. Flüchtlinge und Kinder vor allem suchten Höfe und Gärten nach Brauchbarem ab, durchkämmten Hollergram und Schläufwach (den „Hohlgraben" und den „Schleifweg"), streiften von der Humpel bis zur Lohmühle durch die Fluren. Zerfallene Zäune, rostige Pflugscharen und ausgediente Dampfbügeleisen, gesprungene Faßreifen, bleckende Emailleschüsseln, Ofenrohre, Herdplattenringe, Vorhängeschlösser und Dachrinnenreste, Kupferspulen vom Behelfsflughafen und Aluminiumgeschirr aus den Arbeitsdienst-Baracken – alles brachten wir an, alles hängte der Schrotthändler an seine merkwürdige Handwaage. Wir betrieben, ohne es zu wissen, vorbildliches Recycling.

Natürlich waren Messing, Kupfer und Blei der Glücksfall. Aber selbst wenn man nichts Richtiges fand, konnte man immer noch auf Heilkräuter ausweichen: Spitzwegerich, Kamille, Schafgarbe oder Königskerze, die nahm der verwegene Kerl auch. Freilich hatten sie den Nachteil, kaum etwas zu wiegen, vor allem in getrocknetem Zustand – selbst das Zinnkraut, das doch so klang, als könnte es die ideale Vereinigung sein von Altmetall und Natur. Und natürlich war, was wir erschacherten an Groschen, ein zwei Mark, alles längst umgerechnet in die Dinge, die uns begehrenswert erschienen bei Kohles oder Krönlein: Bärendreck, Brausepulver oder Zündplättchen, Kaugummi mit der Karl-May-Serie oder die geheimnisvollen Abziehbilder zum Auflösen in Wasser (die man doch immer ungeduldig abrubbelte und zerriß).

Zwischen dem Stelzenmann und dem Lumpensammler, dem Hasenfellkäufer und dem Alteisenhändler stattete uns der Scherenschleifer seinen Besuch ab, der hatte seinen Schleifstein in ein umgekehrtes Fahrrad eingebaut. Er lehrte unsere „Rostfrei-Solingen"-Bestecke das Funkensprühen – und die Taschenmesser, die wir dazwischenschmuggelten, schärfte er schmunzelnd mit. (Es gab ein beliebtes Spiel, da malten wir auf die Erde ein unterteiltes Rechteck und warfen die Messer nach bestimmten Regeln so, daß sie in einem der Kästchen steckenbleiben sollten – das stumpfte die Schneiden schnell ab.)

Dann fuhren Männer mit Fliegermützen über den Ohren bei den Geschäften vor, auf Motorrädern und in steifen dunkelgrünen Ledermänteln. Wenn sie abgestiegen waren und hatten ihre Kunststoffbrille mit dem Gummizug abgestreift, wühlten sie ihre Waren aus dem vollgestopften Beiwagen und verschwanden im Laden. Hausierer beneideten die Vertreter aus den Augenwinkeln, während sie freudlos von Tür zu Tür wanderten. Aus ihren abgeschabten Aktentaschen breiteten sie Fahrradklammern und Haarnetze aus, Hosenträger oder Schnürsenkel, dazu priesen sie die Vorzüge von Stearinkerzen bei Stromausfall und Karbidwürfeln bei fehlendem Heizmaterial. Zuletzt lächelten sie uns Kinder falsch an und holten Trainingshosen aus dem Rucksack, Schildmützen – oder gar jene Wollstrümpfe, die man immer so eklig lange mit Strapsen an ein Leibchen knüpfen mußte (und kratzen taten sie auch).

Eine Zeitlang war ein Vertreter bei uns einquartiert, Herr Kellermann, der irgendwo aus Thüringen herkam. Als Polizeibeamter unter den Nazis war er jetzt arbeitslos und ließ seinen Ärger an den Käuzchen aus, die ihn nachts vom Kirchturm her beunruhigten. Wir Kinder nannten ihn daher „die scheißliche Eile“. Und als er sich von Schnürsenkeln hochgedient hatte zu Staubsaugern, verschwand er spurlos – der letzte Gast eines durch Krieg und Besatzungszeit zu kunterbunten Gesellschaften zusammengewürfelten Pfarrhauses.

Unsere kreischende Schelle an der Eichentür stand nie still. Bettler kamen an, manchmal mehrere täglich, abgerissene, gezeichnete Gestalten mit allerlei Leben hinter sich; immer bereit, abenteuerliche Schicksale vorzutragen, tatsächlich erlebte und beim langen Kreuz und Quer ersonnene oder aufgeschnappte – uns war's gleich. Sie löffelten eine Suppe, bekamen ein paar Pfennige, Socken, Fäustlinge oder ein anderes Stück aus dem Hilfswerk-Bestand in der Registratur, wo die Spenden aufbewahrt wurden (auch ein Fäßchen gesalzene Butter und Zuckerkakao aus Amerika). Dann trollten sie sich ohne Umschweife zum katholischen Priester oder verloren sich gleich auf einem der Pfade der Windrose in jener endlosen Völkerwanderung, die das Land überzog.

Über Frauen mit Kinderwagen, in denen Kohlköpfe „geschockelt“ wurden oder Kartoffeln statt eines Säuglings, wunderte sich kein Mensch. Ausgemergelte Männer mit schlaffen Rucksäcken auf dem Rücken strichen hamsternd durch die Dörfer. Das halbe Land schien unterwegs: bettelnd, „organisierend“, handelnd und sammelnd – oder einfach nur ziellos umhergetrieben, auf der Suche nach Arbeit, Essen, Kleidung und Brennmaterial, nach verschollenen Angehörigen, auf der Flucht vor der oder jener Vergangenheit, entlassen aus Gefangenschaft. Viele Männer vor allem waren „kriegsbeschädigt", amputiert, trugen Augenklappen, Prothesen, Krücken und Schienen. Bei uns hatte es Antretters Hans getroffen, eingezogen an die Front noch halb als Junge und heimgekehrt ohne seine Beine. Nun karrte er seinen dreirädrigen Rollstuhl an zwei Hebeln durchs Dorf und die prallen Oberarm-Muskeln, die ihm das verschaffte, ließen den stillen Haß auf ein kaputtgemachtes Leben desto grimmiger in sein Gesicht treten. Oft gesellte er sich zu uns, neben der Brücke, wenn wir kügelten, die Regenplane über den Beinstümpfen, und sah uns nicht ohne Zuneigung, aber mit verloschenen Augen zu. Ob er lieber im Krieg geblieben wäre?

Niemand hatte die Wahl. In den ersten ein zwei Jahren nach Kriegsende kehrten eine ganze Reihe von Soldaten ins Dorf zurück, dann versickerte der Strom. Wenn das Wunder geschah und es kam doch noch einer nach Hause – Kleinhenz Paul und Schranz Wilhelm, Roppelts Josef und Lindwurms Johann – dann wurde eilends der Posaunenchor zusammengetrommelt, ob spät am Abend, evangelisch oder katholisch, egal. Das halbe Dorf sammelte sich vor dem Wohnhaus des Heimkehrers und „Nun danket alle Gott" erklang, wie sonst nur an Sylvester oben vom Kirchturm. Der letzte, den Zeilitzheim wiederbekam, war Leo Seidel; es war kurz vor Heiligabend 1949. Und auch wir Kinder spürten etwas von dem großen Glück, das die Gemeinde da gemeinsam feierte.

Daß (und warum!) ein kaum 700 Seelen zählendes Dorf über sechzig Männer als Soldaten verloren hatte, so mancher noch keine zwanzig – wir ahnten es nicht. Die beschönigenden Ausdrücke „vermißt" und „gefallen" bargen für uns nichts Ernstes. Vom wirklichen Schrecken des Kriegs blieben wir verschont. Der Todesengel auf dem Kriegerdenkmal, ein unangenehmer Geselle, starrte unter seinem Stahlhelm verbissen ins Leere, als wäre er mitten im

Ziehen seines Schwerts plötzlich versteinert. Und in seinen Sockel brannte eine unsichtbare Hand die Namen von sechzig Gespenstern, die gestern noch leibhaftig mit dem Rechen übers Feld fuhren, Rüben hackten und einander in der „Sonne“ lachend zuprosteten.

Nicht alle Überlebenden hatten ein glimpfliches Schicksal gefunden. Die früher am meisten umhergefahren waren und von Haus zu Haus gewandert ums tägliche Brot – sie stellten nun fast nichts Besonderes mehr dar im allgemeinen Herumtreiben: die Zigeuner. Meist kamen sie im Sommer oder Frühsommer und zogen mit zwei drei Wohnwagen hinter ihren Pferdchen zum Gänssee am Wäldchen hinaus, wo sie sich, von uns Kindern aus scheuer Entfernung beobachtet, für ein paar Tage niederlassen durften. Fremdartige schwarze Gestalten liefen von Tür zu Tür, fragten nach Regenschirmen zum Reparieren, undichten Kannen zum Löten, boten selbst Töpfe und Pfannen an, Seile, Getreidesiebe. Schöne Frauen in bunten Tüchern bettelten auch um Geld oder Essen. Durch meine Erinnerung gehen sie deutlich und in kräftigen Farben – und bleiben zugleich geisterhaft stumm, fast wie nicht vorhanden.

Einmal kamen zwei Jungen für einige Tage in die Schule, wo sie wie Weltwunder angestarrt wurden, natürlich nur aus den Augenwinkeln. Das einzige, was sie die ganze Zeit machten, war Pferde zeichnen, daß alle staunten – um plötzlich wieder zu verschwinden. Ob sie uns Kinder etwas spüren ließen vom Schattendasein ihrer jahrhundertelangen Flucht, gar dem Überleben eines Massenmords? Ist es überhaupt jemand aufgefallen auf dem Dorf, daß die Zigeuner zuvor für einige Jahre unsichtbar waren, viele es für immer blieben?

Tut Buße, betet, singt, bekreuzigt, kasteit euch! Im verzückten Singsang, hinter Wolken von süßlichem Weihrauch, lösen die

Untaten sich auf: Wallfahrer drängen die Fahrenden zur Seite. Von weitem weht der Wind die gemästeten Klangklumpen eines Posaunenchors ins Dorf, darunter getragenen Gesang. Eine Prozession schlurft die Kolitzheimer Straße herauf, nimmt schwerfällig die kleine Anhöhe zum Marktplatz.

Vornweg ein kräftiger untersetzter Mann mit dem geröteten, eher verschmitzten Riemenschneider-Gesicht eines fränkischen Bäuerleins trägt das lange dünne Kreuz. Hinter ihm, in Vierer- oder Fünfer-Reihen, der feiertäglich dunkel gekleidete Zug – die alten Weiber oft in Trachten und mit bestickten Kopftüchern, knorzige Männer in unglaubwürdigem Sonntagsstaat und wie gerade frisch mit Wasser gekämmt. Ministranten in rotweißen Röcken und Überwürfen schwenken ihre goldglänzenden Weihrauchkessel und werfen dabei den Mädchen, die vom Haarkranz bis zu den Kniestrümpfen in unschuldiges Weiß gekleidet sind, pfiffige Blicke zu – denn der Weg ist lang. Jetzt verlangsamt sich die Menge, vorne die ersten setzen die Fahnen ab. Die weinerliche Stimme einer Vorsprecherin fleht für alle: „Heiligemariamuttergottes bitte für uns Sünder jetzundinderStunde unseres Todes Amen!“ Mit vollen Backen greifen die Blechbläser sich die Anrufung, als wollten sie die Beschwörung direkt zum Himmel hinaufblasen. Die welken Frauen fallen mit ihren zitternden Kehlen ein, dazu die piepsigen Soprane der schamhaften Mädchen, gequetschte Tenöre und Altmännergrummeln. Wieder eine schlurfende Strophe des von fern mitgeschleppten Liedes, verstimmt wie die Karussell-Orgel bei der Kirchweih. Dann kommt die Prozession zum Stehen.

Ich sitze im Gitterfenster des Pfarrhauses, einem Logenplatz für dieses Wandertheater. Hautnah kann ich die Menge betrachten, die Standarten vor allem, die wie Sofakissen-Bezüge gewebt sind: mit Ornamenten, dem Gotteslamm, einem riesigen dreieckigen Auge, zwei tränenden Herzen. Dann schwebt da mitten drin der „Himmel“, eine Art Fransenteppich auf vier von kräftigen jungen Männern getragenen Stangen – und der Priester darunter, im farbenfrohen Ornat, hebt, senkt und küßt ein winziges Gerät, die Monstranz, in seinen andachtsvollen Händen. Wenn sein lateinischer Singsang unter dem Fransenhimmel hervordringt, kippen die Frauen auf die Knie, bekreuzigen sich seltsam abwesend und die Männer beugen das Bein. Wieder antwortet der breiige Blechchor, nur kurz diesmal, bricht ab und gibt drei vier hoch kreischenden Frauenstimmen Raum. „Gegrüßet seist du Maria voll der Gnade / der Herr ist mit dir / du bist gebenedeit unter den Weibern und gebenedeit ist die Frucht deines Leibes Jesus!“ (Den Text habe ich natürlich erst Jahre später verstanden.) Die Frauen, selbst „Weiber“, leiern sich von „Ei“ zu „Ei“, als ginge es nur um den Klang der Litanei, einen Zustand der Entrükkung. Und ehe die kleinste Pause entsteht, fällt über dem Chor mächtig der tiefe Bombardon ein, legen die Hörner und Posaunen sich lärmend darüber.

Ein Ruck geht durch das seltsame Heer: die Reihen sind wieder aufgestellt, Kreuz und Standarten erhoben, der Himmel setzt sich in Bewegung. Schwankend biegt die Spitze um's Kohles-Eck, die anderen trotten hinterher, nach Gaibach hinaus. Noch eine Weile ist der verstimmte Blechklang zu hören – das schleppende Lied verhallt, wie es kam.

Katholische Wandergemeinden wie diese ziehen häufig durch Zeilitzheim, laufen durch die Reihe der Dörfer, als griffen sie die Perlen eines Rosenkranzes ab. Daß die merkwürdige Gesellschaft oft schon zig Kilometer hinter sich hat, manchmal ganze Tage unterwegs ist – wir Kinder würden es nicht glauben: nach Vierzehnheiligen, Dettelbach, Maria im Weinberg, Maria Limbach und wie die Ziele ihrer Buß- und Fürbitt-Wallfahrten alle heißen. Allerdings gibt es daneben noch die routinemäßigen Prozessionen, die stinknormalen sozusagen, zu Fronleichnam oder an Mariä Himmelfahrt (zwei katholischen Feiertagen, an denen sich unsere Phantasie ohnehin schon heftig entzündet). Meist gehen sie von den größeren Kirchengemeinden der Umgebung aus, Volkach zum Beispiel oder Kolitzheim, und Zeilitzheim ist dann eine ihrer Hauptstationen.

Für die Gast-Prozessionen steuern die Katholiken des Dorfs vor allem die Dekoration bei. Frömmere, wie Schömigs gegenüber oder Fackelmanns ein Stück runter zur Schmiede, haben in ihrer straßenzugewandten Giebelseite oben eine Vitrine eingebaut und beleuchten diesen Schrein, in dem dann eine Maria in Zuckergußfarben zu sehen ist, von Fall zu Fall mit Kerzen. Die anderen beteiligen sich wenigstens an der sorgfältigen Herstellung des Freiluft-Altars vorm Kriegerdenkmal, wo aus Blumen und Grünzeug ein kunstvoller Naturteppich ausgelegt wird.

Einmal sind in die Matte mit gelben Blüten sogar die Buchstaben J-H-S gestreut, die mir Vater als Abkürzungen für Jesus, Heiland und irgendwas Drittes erklärte (das „Salvator" hieß und wie eine Biermarke klang). Ich machte mir meinen eigenen Vers draus: als ich jedenfalls Hans Jahns flüsterte, das J-H-S heiße „Jürgen Hofmann Salzem", und mein Vater habe den katholischen Pfarrer dazu angewiesen, weil schließlich er hier im Dorf zu bestimmen hätte – da stand er sichtlich beeindruckt vor meiner Kultstätte. Aber dann zerstörte ausgerechnet Peter Adamek das Ganze, indem er behauptete, „J-H-S" bedeute, „Jahns hat Schwein" – wozu man sich erinnern muß, daß (wie jedes Kind im Dorf wußte) Hans' Vater doch einmal eine geschlachtete Sau „organisiert" und vor der Polizei bei der Kosa im Bett versteckt hatte. Daraufhin beschimpfte Jahns Hans natürlich Adameks Peter mit „Pleite Pleite", weil dessen Vater wiederum mit dem Laden neben Scherer Beck in Bankrott gegangen war (zumindest was so geredet wurde). Sie fingen an zu raufen und balgten sich auf dem Grünzeug derart, daß man zum Schluß überhaupt nichts mehr lesen konnte – weder Jürgen Hofmann Salzem noch Jahns Sau oder Jesus Heiland, sondern bestenfalls eine bunte Mischung aus allen drei.

Geschmückt wurde unser Dorf zum Glück öfter und reichlich, auch evangelisch und manchmal neutral. An Palmsonntag stellten die Konfirmanden am Pfarrhaus und am Eingang zum Kirchhof jeweils zwei frisch geschlagene Fichten auf, in die Papierfliegen aus Krepp, weiß und violett, eingeschnürt waren. Links und rechts vom Kirchenportal standen zwei weitere Bäumchen und im Spitzbogen wand sich eine Girlande aus Immergrün. An Pfingsten gab es dann fast dasselbe mit Birken. Und an Kirchweih und Reformation wehten aus den Schallöchern des Turms – wo sonst allenfalls die Feuerwehrschläuche zum Trocknen aushingen – die riesigen Tücher der protestantischen Fahne, das lila Kreuz auf weißem Grund.

Auch als sie die neuen Glocken mit einem Pferdefuhrwerk einholten, fast zehn Jahre nachdem die Nazis die alten für ihren Krieg eingeschmolzen hatten, wurden Dorf, Kirche und Fuhrwerk mächtig herausgeputzt. Uns interessierten Würde und Weihe der Glokken natürlich erheblich weniger als der spannende maschinelle Vorgang bei ihrem Hinaufhieven in den Glockenstuhl. Mößleins Karl-Heinz, der Angeber, meinte, hier sähe man die technische Unterlegenheit der Evangelischen: immerhin würde das katholische Glöckchen Jahr für Jahr an Karfreitag nach Rom reisen (hätte jedenfalls ihr Pfarrer gesagt und vielleicht wäre es auch nur der Klöppel).

Tatsache war, daß von Karfreitag bis Ostersonntagmorgen das Glöckchen im Turm der Schloßkapelle nicht zu hören war. Dann zogen die katholischen Jugendlichen mit sogenannten Ratschen durchs Dorf und ersetzten unter ohrenbetäubendem Lärm und

Sprechchören das Läuten: „... das erste Zeichen!“ Wir aber waren froh, daß wir unsere drei schönen Glocken wieder hatten und sie nicht unterwegs waren – weder nach Rom noch in die Rüstung. Und daß die Meute mit den Ratschen schon früh um sieben auf den Beinen sein mußte, schien uns erst recht keine Verlockung.

Ostern und Pfingsten schön und gut, Prozessionen und Glockenweihe auch nicht schlecht. Den Vogel aber schossen zweifellos die Hochzeiten ab – und zwar weniger mit Putz und Schmuck als mit allem sonstigen Drum und Dran! Wahrscheinlich hat es damit zu tun, daß man in der Regel nur einmal heiratete (jedenfalls „damals und auf dem Lande“). Außerdem wurde die Hochzeit, zumindest was den Bräutigam betraf, als eine Art Austritt begriffen, den es zu feiern galt. Wenn nämlich Konfirmation, ungeachtet aller theologischen Bedeutung, die volle Anerkennung des Jugendlichen durch die übrige Gesellschaft praktisch öffentlich markierte und bekräftigte (mit den ersten langen Sonntagshosen, der Uhr vom Paten und dem, wenigstens offiziell, ersten Alkoholgenuß) – dann fiel Hochzeit sozusagen mit dem Abschied von der Jugend zusammen. Und da das Dorf damals jeden immer ziemlich genau im Blick hatte, wußte auch der Bräutigam, was mit dem Hochzeitstag die Stunde für ihn geschlagen hatte. Falls nicht, so rief spätestens der Polterabend ihm drastisch in Erinnerung, daß es jetzt zu Ende war mit der Zeit des „Hörner-Abstoßens“, mit dem Herumpoussieren aus und vorbei.

Ganze Türme von Gerümpel und Schrott, eimerweise Müll und Scherben – das Ganze gern gekrönt durch einen von der Wagendeichsel herabbaumelnden Nachttopf – bauten die Kumpane seiner wilden Junggesellen-Jahre am Abend vor der Hochzeit vor seiner Eingangstüre auf wie letzte gewaltige Barrikaden gegen die drohende Abwanderung ins Lager der Ehemänner. Und wenn „wos Kläns“ unterwegs war, spottete auch schon mal die „Scheese“, ein Kinderwagen, oben vom Dach.

Selbst der Kasten am Rathaus, in dem das Aufgebot aushing, wurde mitunter durch allerlei verworrene Gegenstände „gestützelt“ (also angesichts der hier angekündigten „schweren Last“ gestützt). Allein die Auslösung durch reichliche Mengen an Bier und Schnaps (bzw. das nötige Kleingeld dafür) befreite den Betroffenen vom „Gepolter“, zwang ihn allerdings zugleich milde, seinen letzten Abend als „Jüngling“ zusammen mit den Spezis noch einmal zünftig zu begehen. Schon mancher Bräutigam hat am Samstagvormittag die Braut mit verschwommenem Blick zum Traualtar geleitet – und diese Trübung der Optik stammte nicht von Tränen der Rührung.

Vernünftige Leute werden beim Gedanken an Eheringe sentimental und kluge Individuen lächeln dämlich in die Kamera des Hochzeitsfotografen. Vater seufzte oft nach Traugesprächen in seinem Amtszimmer: wieder einmal hatte er einem Paar den Wunsch nach dem populären „So nimm denn meine Hände“ als Begleitlied zur Zeremonie abschlagen müssen (bei dem beide Partner hartnäckig an den künftigen Haushaltsvorstand dachten, obwohl die Aufforderung eindeutig an den lieben Gott gerichtet war).

Sowieso hätten die meisten sich wahrscheinlich lieber „Ganz in Weiß mit einem Blumenstrauß“ gewünscht, auch wenn Krauß Robert, oben an der Orgel, damit ganz schön ins Schwitzen gekommen wäre. Gar nicht zu reden von dem „Ganz in Weiß“, das nach alter Sitte allein der unberührten Braut zustand. Da konnten alle im Dorf sehr genau bis 9 zählen – von den grauen Westen des einen oder anderen Bräutigams schweigt des Sängers Höflichkeit (jedenfalls „damals und auf dem Lande ...“). So manche Fehde zog Vater sich zu, weil auch er in diesem Punkt auf dem

Brauch bestand. (So gehässig wie der Pfarrer aus einem Nachbarort freilich verhielt er sich nicht. Der ließ, als die Braut trotz sechstem Monat auf weiß bestand, zur Trauung Gesangbuch Nr. 12, vierte Strophe, anstimmen: „Lobe den Herren, der deinen Stand sichtbar gesegnet ...")

Was interessierten uns solche Sorgen! Kinder können erstaunlich unsentimental sein. In Sachen Hochzeit jedenfalls waren wir es. Alles was Paar und Familie, Pfarrer und Gemeinde wochenlang in Atem hielt – in unserer professionellen Betrachtungsweise schmolz es auf eine einzige Gleichung zusammen: „Heiern" ist „Krampeln", basta. Wie das ganze Begehren von Braut und Bräutigam auf das „Ja" vorm Traualtar (und vielleicht noch ein bißchen mehr), so richtete das unsere sich ausschließlich auf das Ende des feierlichen Akts, den Auszug aus der Kirche – und das Geldausschmeißen. „Krampeln" ist der Versuch, von den Münzen, die der Hochzeiter glückverheißendem Brauch gemäß nach dem Verlassen der Kirche unter die Dorfjugend zu werfen hat, so viele wie möglich zu erhaschen. Krampeln bedeutet also Spannung, Schnelligkeit und Balgerei, verlangt Geschicklichkeit, Konzentration und Erfahrung. Krampeln ist Handwerk, ja Kunst.

Lang vor dem Ende der Zeremonie sind wir Kinder zu zwanzig, dreißig am Kirchenportal versammelt, schätzen die Lage ab und übertreffen uns im angeberischen Schwelgen von früheren Fischzügen. Herberts Wolfgang, dessen Tante auf dem Hof des Bräutigams aushilft, hat aufgebracht, ein gerollter Zehnmarkschein sei unter das Geld gemischt. Peter Wilde stiftet Unruhe, weil er behauptet, in Krautem hätten sie bei einer Hochzeit die Münzen heimlich durch Blechmarken der Brauerei Düll ausgetauscht. Oft nimmt unser Krakeelen solche Lautstärke an, daß Götz Friedrich von der Empore her die Tür aufreißt und uns drohend zur Ordnung ruft.

Mit dem Krampeln stehen wir nichtsahnend mitten im aufregenden Währungsgeschehen der Nachkriegszeit. Die Geldstücke mit dem Hakenkreuz sind verschwunden, blaue Scheine zu einer und rote zu zwei Mark in Umlauf. Sogar farbige Zettel zu fünf und zehn Pfennig gibt es eine Weile, kaum größer als die Fläche einer Streichholzschachtel. (Freilich ist sowohl das Werfen als auch das Fangen von Papiergeld keine einfache Angelegenheit!) Mit der Währungsreform siegt dann die harte Münze. Von nun an mischen die meisten Hochzeiter die Fünfer und „Zehnerli" mit mehr oder weniger Silber und reichlich Kupfer. „Ganz Arme" heiraten auch mal bloß mit Bonbon-Auswerfen, eine in unseren Augen unverzeihliche Knauserei: wie soll eine solche Ehe schon halten ...!

Die Elferglocke, das Vaterunser. Unsere Gespräche verstummen, jeder macht sich bereit. Bald darauf die mächtigeren Orgel-Register, die uns das Nachspiel signalisieren. Langsam öffnet sich das Flügelportal mit dem schmiedeeisernen Schmuckbeschlag. In einem Schwall dringt die Musik nach draußen, während die Gemeinde aus den beiden anderen Türen quillt. Glockenläuten zu Gratulationen, Verwandtschaft mit glänzenden Augen, Schaulustige mit verschränkten Armen und offenem Mund. Jetzt tritt das frischgebackene Paar unter den Sandsteinbogen, verharrt einen Augenblick für das Foto, den umständlichen Blitz. Heinrich Herbert und Marie Schmitt (die von jetzt an den Namen der Zeilitzheimer „Großlage", Herbert, tragen wird) setzen an zu den ersten Schritten des gemeinsamen Lebenswegs, auf den zwei Mädchen in Weiß ihnen Blüten streuen. Die Stunde des Krampelns schlägt.

Wir stehen stumm vor Spannung, innerlich auf dem Sprung. Das Paar wird vorwärtsgeschoben, arrangiert sich im Kirchhof neu. Blitzschnell passen wir unsere Stellungen der neuen Lage an, lassen dabei vor allem Heinrich keine Sekunde aus den Augen.

Jetzt lächelt er, nickt gutmütig zu uns herunter, zwinkert der Braut, nein: seiner Frau, die er rechts eingehakt hat, noch einmal zu. Im selben Augenblick greift er mit der Linken wie nebenbei in die Jackentasche seines Anzugs, holt sie zusammengeballt zurück und wirft, ohne jede Verzögerung, die volle Hand kräftig in hohem Bogen seitwärts in die Luft: blitzend und blinkend, wie Strahlen eines Feuerwerks, platzen die Münzen hoch über uns auseinander, sprenkeln als Funken auf uns nieder wie im Märchen die Sterntaler auf das Mädchen …

Aber Krampeln ist nichts für Träumer, erfordert im Gegenteil deine wachste Aufmerksamkeit, kühle Technik. Im Prinzip besteht Krampeln aus einem einfachen Dreitakt – mit einem Rhythmus allerdings, der bei jedem Hochzeiter neu gefunden werden muß: Hüpfen und Fangen, Bücken und Auflesen, Auftauchen und Beobachten. Ich bin kräftig und mittelgroß, d. h. weder besonders für den Luftkampf noch ausgesprochen für die Bodenarbeit geeignet. Also verbessere ich meine Erfolgsaussichten durch einige Kunstgriffe: für das Auffangen benütze ich einen Hut, der ziemlich groß, weich und beweglich ist – eigens angelegte feste Schuhe stelle ich, ohne mich zu bücken, rasch auf eine gesichtete Münze.

Der Rest besteht in genauem Hinsehen und Menschenkenntnis: finde heraus, welcher Bräutigam (aus welchen Gründen immer) welche Wurfseite bevorzugt! Sei sicher, daß nach dem dritten vierten Ausschmeißen der Hochzeiter in Laune kommt und euch durch Antäuschen der falschen Seite oder absichtlich verzögertes Werfen zu foppen versucht! Achte auch auf die anderen in den Hochzeitszug eingereihten Männer, die sich überraschenderweise manchmal am Geldausschmeißen beteiligen! Bis zum Haus des Bräutigams hast du Zeit, solche Erfahrungen zu sammeln (besser noch das Geld!). Herberts Heinrich wohnt kurz vorm Friedhof, das ist ein langer Weg.

Und aufgepaßt! Oft kommt das Beste erst am Schluß: erst vor der eigenen Haustür hakt der Bräutigam die Braut aus, kann nun plötzlich in die andere Tasche greifen – und in der klimpern nicht selten, aufgespart für den letzten Wurf, Fünfzigpfennig-Stücke, gar die eine oder andere Mark. Das Finale erst ist die Krönung, ist gnadenloser Konkurrenzkampf zu Wasser und zu Lande, also in der Flußkanne und im Dreck! Oft bin ich vom Krampeln verkratzt nach Hause gekommen und von oben bis unten beschmutzt – erfolglos nie. Wäre es nach mir gegangen, die Leute hätten jeden Tag heiraten können und meinetwegen mehrmals im Leben, auch wenn's nicht sehr üblich war („damals und auf dem Lande"). Falls ich je heiraten sollte, heirate ich auf dem Dorf.

Später, nachdem wir Läutbuben geworden sind, müssen wir das Krampeln notgedrungen den Jüngeren überlassen. Aber selbst jetzt bleibt „Heiern" unser Lieblingsverdienst: ein bis zwei Mark für jeden von uns, vom Bräutigam an den „Läutmeister" zu entrichten, sind die Regel. Und obwohl es lukrativer ist, das schwere Metallkreuz dem Beerdigungszug voranzutragen (fünf Mark) – irgendwie war uns die allgemeine Stimmung auch nicht unwichtig. Außerdem besteht der Brauch, die Läutbuben am Nachmittag zu Kaffee und Kuchen unter die Festgäste einzuladen. Da Hochzeiten gern in der wärmeren Jahreszeit gefeiert werden, etwa von April bis September, sitzen wir dann oft draußen im Hof an einem eigenen Tisch zusammen und alle lachen und reden durcheinander. Trinksprüche lassen das Paar hochleben (das allmählich ein Ende des tagelangen Gelages herbeisehnt); Gedichte und Reden werden produziert, der Pfarrer macht seinen Höflichkeitsbesuch.

Bei Trauungen im Herbst fließt der Bremser reichlich aus großen Steingutkrügen in die Becher – und auch wir dürfen, nein müssen unsere alkoholische Taufe über uns ergehen lassen. Da das Trinken Appetit macht, gibt's danach wieder eine Brotzeit, mit Geselchtem, Leberwurst und Speck. Wenn die Erwachsenen merken, daß uns das bißchen Most schon in den Kopf gestiegen ist, stiften sie uns hinterlistig zu allerlei Gesangseinlagen an. Und treuherzig singen wir das ganze Repertoire der Lehrer Gäßler, Knauer und von Fräulein Kotzik rauf und runter, richtig oder falsch, ob's paßt oder nicht: daß wahre Freundschaft nicht wanken soll und im Schneegebirge ein Brünnlein kalt fließt, daß die Gedanken frei sind, und zwar im schönsten Wiesengru-hun-de (der Most, der Most!). Aber hoppla: zwei Männlein stehn im Walde (wieso denn zwei?) und das Wandern ist des Müllers Vieh. (Jetzt ist Schluß mit dem Trinken!) Und wenn am Ende die ganze Runde dahin wollte, wo wir doch immer schon lebten, dann grölten Brautpaar, Gäste und Läutbuben gemeinsam: „Ich will zu guter Sommerzeit / ins Land der Franken fahren!" (Nun aber nach Hause!)

Herbst also war's geworden und Zeit, Vorrat für den Winter zu schaffen. Wer schlachtete, hängte eine Schweinsblase an seinen Türpfosten, damit die Flüchtlinge wußten, daß sie sich eine Gredelsuppe holen konnten. Anna Seidel erwies sich immer als die hurtigste – wie man es von der Zeitungsausträgerin nicht anders erwartete. Ihr abgestoßenes Emaillekännchen fehlte an keiner Tafel, ihr artig-unverblümtes „Bin so frei" wurde zu ihrem Markenzeichen. Dem Pfarrer brachten die meisten eine Schlachtschüssel (natürlich jeder nur „seinem" Pfarrer). Und von den Gaben zu „Erntedank" – Brotlaiben und Brötchen (die ausnahmsweise auf dem Altar liegen durften), Kürbissen und Kartoffeln (für die Stufen zum Chorraum) – lebte sich's in den folgenden Wochen auch nicht schlecht im Pfarrhaus.

Waren die Kornmeere abgemäht, die Garben eingefahren, war das Getreide gedroschen, der Mostgeruch verflogen und der Wind pfiff über die Stoppelfelder – dann durften wir mit den Erwachsenen Ährenlesen gehen. Das entsprach ungeschriebenem Gesetz (vor allem im Hungerjahr 1947 mit seinem staubtrockenen Sommer) und berechtigte uns Kinder ebenso zur Nachernte der übersehenen Früchte an den kahlen Obstbäumen draußen vor dem Dorf. Hier bestand die Aufgabe darin, etwa einen Apfel mit dem Wurfgeschoß vom Zweig zu trennen, ohne daß man diesen beschädigte oder jenen zermatschte. Wir nannten die Kunst „stupfeln“ und betrieben sie mit sportlichem Ehrgeiz wie mit geselligem Hallo.

Wenn die Oktoberstürme zu toben begannen, wurde der Schreiner Berger am Gänswasen unser Mann – „Barchers Schreiner“ oder, wie manche ihn auch nach seiner stehenden Redensart nannten, der „Eemdasou-dingsdasou“. Aus Leisten von seinem Abfall banden wir ein Kreuz, überzogen die Raute mit einer Seite „Volkswille“ oder „Mainpost“ und hängten einen Schwanz von Zeitungsfliegen ans spitze Ende. Dann stiegen die Drachen oben hinter Ecksteins, wo der Aufwind vom Bach her am stärksten war; nur abtreiben lassen durfte man sich nicht, sonst verfingen sich die tanzenden Ungeheuer schnell in unserem Tarzan-Urwald, den Kastanien auf dem Berg oder in den Pappeln hinter der Mühle.

Bald wurden die Finger an der Schnur klamm und der Wind trieb uns verführerischen Duft in die Nase. Wie Zorros Bande fielen wir auf dem Platz vor Merkels „Colonialwaren“ ein, an der Brücke. Da stand die silberglänzende Kartoffel-Dämpfanlage mit dem langen qualmenden Rohr und der Ofen bullerte und knackte. Natürlich bekamen wir unseren „Zehnten“ ab vom Viehfutter, herrlich weichen Schmorkartoffeln, die man mitsamt der versengten Schale verzehrte. Und wehe, die Männer am Ofen, Brauns Felix oder Engelbert Koch, versorgten uns nicht freiwillig! Blitzschnell konnten wir einen Verschluß aufreißen und eine Schaufel Kohlen nachschütten, daß das Blech glühte, oder heimlich den Schlauch vom Kessel abkuppeln, daß die heißen Dämpfe wild in die Luft zischten und alles fluchte und rannte.

Die Gänse, die draußen irgendwo auf den Bachwiesen gehütet worden waren, watschelten vom Obervolkacher Weg her ins Dorf zurück. Als sie merkten, daß sie zu Hause waren, flogen sie in Scharen die Straße hinunter wie bei Nils Holgersson, jeder Schwarm zu seinem Hof (geradeso als wollten sie rechtzeitig zu Martini in der Röhre sein). Unsere Borkeschiffchen trieben den Bach hinunter, bis wir sie aus den Augen verloren.

Bald nachdem die letzten Futterrüben eingefahren worden sind, fällt der erste Schnee. Wir bauen einen riesigen Schneemann im Kirchhof: die Nase eine Möhre, zwei Eierkohlen als Augen, Steine als Knöpfe und ein so rostiger Topf als Hut, daß niemand verlockt ist, ihn für's Alteisen zu „organisieren". Halt – fehlt nicht noch etwas? Ja, die Kürbisschale macht den Mund.

Der Bach ist inzwischen gefroren. Wir rodeln am Allerberg draußen, besser noch die Krautheimer Straße hinunter, ganz oben von Strates Ziegelei ab, auf dem Bauch liegend für die Geschwindigkeit, immer schneller – bis das Eis an den Brückenpfeilern unter unserer Last knackende Sprünge bekommt.

Und einmal gibt es ein ganz besonderes Erlebnis: eine Fahrt mit dem Pferdeschlitten. Dick vermummt sitzen Klaus und ich auf dem Gefährt, das sonst dem Nikolaus vorbehalten ist – und gleiten von Zeilitzheim nach Castell. Ein Märchen.

„Der Winter ist ein rechter Mann, kernfest und auf die Dauer ..." Zwischen Schmiede und Schloß, Gärtnerei und Friedhof zieht das Dorf sich gemächlich die Schneedecke wieder über den Kopf. Zu Hause kuschle ich mich auf die Ofenbank und lasse meinen Apfel schmoren. Oder ich mache mir die große Wärmflasche heiß – die aus Zinkblech, mit Schraubverschluß und Tragering, den stets leckenden Lötstellen vom Spengler Pröschel – und verkrieche mich in den schneeweichen Daunenkissen. Im Winterbett lesen, das ist das Schönste, lesen und träumen vom heutigen Tag, vom vergangenen Jahr, von all den Jahren. „Es war einmal ein Dorf …"

Schall und Rauch

Sag Herbert und Berger, Drechsel und Englert, sag Hauck, Haupt und Scherer – hier bist du zu Haus. Sag Pickel und Seidel, Säger und Spiegel, sag Friedlein, Mößlein, Bäuerlein, Stöcklein und Elflein, Knies, Frieß, Dorsch und Drescher – dies ist dein Dorf. Krauß, Schranz und Pröschel: Zeilitzheim.

Behauptete einer, Name sei Schall und Rauch? Ja, Schall wie die helle Stimme der Elferglocke, hergeweht über die Stoppelfelder. Wo immer jemand geht und steht – seinen Namen nimmt er mit. Haus auf dem Rücken, Dorf im Gesicht: Bechert und Bayer, Plempel, Wilde und Fehler. Im Rauch, der aufsteigt, windgeduckt überm Kartoffelfeuer, verfängt sich der Klang, hängt im blauen Kittel „fer ewich und drei Dooch": Eberhardt und Strate, Hösch, Kost, Hüsam, Schömig. Hümmers Hunde bellen, die Herde ist zusammen.

Auf meinem Dorf wissen Silben und Gesichter ständig übereinander zu berichten. Namen tragen Augen und Münder, erzählen Geschichten, Geschichte. Hinter der fernen Gestalt sieht jeder einen Hof, noch flüchtiger Gang führt zu einem Haus. In Nase, Ohr oder Kinn suchen Laute sich ihren Ausdruck. Als hängende Schulter, vornübergebeugtes Laufen kehren sie wieder, Vokale und Konsonanten: Stahl in der kraftvollen Statur von Stahlers Oskar und im hellen Auge seiner Frau, Ottilie, während im Klang von Rettner der drahtige Erfinder federt. Wenn Bedächtigkeit und leiser Pfiff im „Danzberger" des freundlichen Andres tanzen – wölbt dazu nicht Backen und Lippen Otto, den wir Dollinger nennen, mit dreifachem „o"? Und derb streift Frau Ehrlitzer die Erde aus Friedhof und Gärtnerei ab mit dem spitzen „tz" vom frischen Salat.

Noch mehr bei den Läden vereinigt sich für uns Kinder der Name auf dem Aushängeschild mit Licht, Laut, Ware und Person im Innern. Ein paar Stufen geht's empor zu Kohles und ist gedehnt, öffnet in Helle sich und geräumige Freundlichkeit. Feilschen nicht enges „ö" und betuliches „-lein" in Krönleins düsterem Kramladen um Pfennige? Merkwürdig genug wieder das Halbdunkel von Merkel, „Colonialwaren" – dämpfende Tuchballen im hohen Gewölbe eines Basars, wie in meinen exotischen „Geschichten aus der Murkelei"! Die Namen sind verwachsen mit den Menschen, die Menschen mit Geschlechtern und Generationen. Im Dorf ist jeder mit jedem verwandt. Auf den Friedhöfen gibt es zwei drei Namen, die stehen eingekerbt fast auf jedem Grabstein.

In Zeilitzheim heißen sie alle Herbert. Aber natürlich heißt der Herbert am Bach „Boochgeißel", der hinterm Schloß (mit dem großen Taubenhaus und den Pferden) „Kotzer" und am Marktplatz der „Mannsnickel" – Herberts von der Mühle sind die Müllersch, Kurt Herbert ist „Einnehmers Kurt". Herberts Oskar (aus dem Gerberhaus) wird der „Dümmler" genannt und Wolfgang Herbert Posters Wolfgang, wie denn sonst. Der fernste Einheimische, den ich kenne – zugleich einer, der seinem Dorf (nicht immer leichten Herzens) unverbrüchlich nah blieb – trägt den allgemeinen Ortsnamen sogar als Vornamen, so daß er klingt wie ein Zeilitzheimer Vermächtnis: Herbert Selig, Apotheker in Jerusalem.

Jüdische Namen, deren Klang das Dorf Jahrhunderte begleitete, waren in der Nazizeit ausgemerzt worden – zusammen mit den Menschen. Am 25. April 1942 wurden die letzten Zeilitzheimer Juden „nach Osten", das heißt in Vernichtungslager deportiert: das Dienstmädchen Selma Brodman, der Metzger Siegfried Strauss mit seiner Frau Martha sowie das Landwirts-Ehepaar Martha und Rudolf Frank mit seinen Kindern Lotte und Trude. Warum erinnert nichts mehr an sie?

Auf dem Dorf stammt der Mensch von einem Hof, wird bezeichnet nach Haus oder Beruf. Viele eher Gleichaltrige wie Manns Gerhard und Einnehmers Kurt kenne ich gar nicht anders als unter ihrem Hausnamen. Wie „Einnehmer" noch vom „Steuereinnehmen" zu Kaisers Zeiten herrührt und „Schwolleschee" (kein Mensch bei uns sagt Drescher) von der Kavallerie („cheveaux leger") – das wiederholt natürlich ähnlich sich von Dorf zu Dorf. Nicht zufällig auch nennt man, wenn von jemand die Rede ist, meist den Nachnamen (mit besitzanzeigendem Genitiv!) zuerst: Mößleins Karl-Heinz, Gropps Luise, Sälersch (also Seilers) Albert (der eigentlich Plempel heißt). Und natürlich Pfarrersch Jürchen …

Schmidt, Meier, Schulze – in Zeilitzheim können wir auf solches Allerwelts-Personal verzichten. Unsere Namen tragen Abenteuer vor, raunen Märchen, kichern Schnurren. Lindwurm und Roßmark, Goldstein und Eckstein, Kesselring, Gutermuth, Göttermann und Jauchstetter, Omasreither, Kleinhenz, Niedermeyer und Fackelmann – wo blätterst du in einer bunteren Fibel, buchstabierst ein farbigeres Register? Jedes Haus ein vertracktes Bilderrätsel, jede Straße ein Leporello verschmitzter Lautmalerei. Über „Zalzem" schwebt eine fidele Klangwolke aus spritzigen Mostäpfeln, klirrenden Walzen und gehorsamem Vaterunser-Läuten.

Die Flüchtlinge und andere kriegsbedingte Neulinge bringen ihr eigenes Lautgepäck mit. Meist zischt es ein bißchen mehr, haucht, kantet, eckt an: Opitz, Mauritz, Eckert und Hubrich, Nitsche, Wodtke, Henke, Blaschke, Kopp und Kadgien. Falls freilich fränkische Bauern da etwas von „slawisch" murmeln – mit ganzen Kinderserien von Nibelungen, die man hierorts nur vom Hörensagen kennt, blasen die aus dem Osten ihnen den germanischen Marsch: Wolf, Ulf und Eike, Gunter, Volker und Ute, Edmund und Armin, Benno und Siegfried. Über solche historischen Größen verfügt das Dorf bis dato nicht, hat nur selten sich in Heldenverehrung versucht: mein Bruder handelt sich eine „Maulschelln“ ein, als er den Vornamen eines Nachbarsohns anzüglich ausspricht – allerdings war der Krieg gerade zu Ende und der Junge hieß Adolf.

Flüchtlinge und Ausgebombte heißen und sprechen nicht nur anders – sie geben uns allerlei Rätsel auf: Wie man seinem Namen einen Buchstaben vorndran stellen kann zum Beispiel, der überhaupt nicht auszusprechen ist – ein „H“ vor ein „l“? Aber da Herr H-lauschka uns Kindern so hübsche Holzsachen bastelt, dazu Kerzenständer oder Bilderrahmen (und Weihnachtssterne aus den Messingkartuschen der Flak sägt er auch!), da muß man eben ein Auge zudrücken oder ein Ohr. Nur, daß er immer „Küßdiehand gnä Frau“ sagt und „Aufwiederschaun“ – es paßt meiner Ansicht nach weiterhin nicht hierher zu uns.

Auf dem Dorf ist jeder mit jedem verwandt (die Flüchtlinge vorläufig natürlich ausgenommen). Und da es zwischen den Dörfern, allen Lokalfehden zutrotz, doch einigermaßen hin- und hergeht, sind auch die Gesichter höchstens so verschieden wie eben Bimbach, Dimbach und Rimbach. Allerdings – in unserem vormobilen Zeitalter schränkt der Durchmesser des Umkreises für die Brautschau sich aufgrund schlichter geografischer Gegebenheiten erheblich ein. Also werfen die Burschen, wenn es denn soweit ist, „ee Aach“ auf jemand möglichst erstmal im eigenen Dorf. Und weil wir – „damals und auf dem Land“ – noch kein Fernsehen haben, gucken selbstverständlich alle gerne mit.

Wir Kinder ahnen höchstens, worum es gehen könnte. Was das wohl ist – „poussieren“? Da wir die Erwachsenen sich zuzwinkern sehen und allerlei „Sprüch“ fliegen hin und her, kriegen wir lange Ohren und scheele Augen. Bald wissen wir alles: Ingeborg Plempel „geht“ mit Otts Albin, Manns Albert „läft“ mit Anni Walter und Keesmanns Franz macht mit Krönleins Elfriede

„rüm“. Auch muß, soviel ist uns klar, dieses „Poussieren“ eine für alle erschwingliche Angelegenheit sein – bringt es doch die armen Flüchtlinge offenbar ohne Probleme mit den Einheimischen zusammen: Helmut Henke mit Gropps Hannelore, Hans Kopp mit Seuferlings Agathe, Bertl Schelder mit Haupts Hennes oder „den Österreicher“ mit Müllers Helga.

Aber als uns eines Morgens Werner Roßmark flüstert, er habe am Abend Erich, seinen älteren Bruder, eine gewisse Person küssen sehen – ist die Sensation perfekt: bei der Person nämlich handelt es sich um unsere Lehrerin, Fräulein Christel Kotzik (auch sie ein Flüchtling). Und jedenfalls ist sie so akkurat und streng, daß wir sie uns in den Armen eines Burschen nicht entfernt vorstellen können – zumindest was wir davon kapiert haben beim Tanz in der „Sonne“, wenn wir durch die im Sommer weit geöffneten Fenster den „Samba“ die Mädchen im Saal herumschieben sehen.

„Wer mit wem?“ – darum drehen sich Klatsch und Tratsch in Zeilitzheim wie in aller Welt, damals so wie heute. Wer länger als üblich ledig verharrt, bekommt seinen Spott in den Wirtschaften ab und beim Kirchweih-Umzug obendrein. Aber natürlich entgeht den Leuten auch nicht, wo sich etwas anbahnt. Auf dem Dorf bleibt nichts geheim. Diskretion ist bei uns ein Fremdwort.

Wenn die Burschen Wind von einem Techtelmechtel bekommen – sagen wir einfach mal zwischen Pickels Walter und Magda Berger – machen sie sich ihren besonderen Spaß durch das sogenannte „Pfädles-Strähn“. In der Nacht streuen sie heimlich einen unübersehbaren Pfad aus Sägmehl zwischen den Häusern „derjenigen welche“ (und wenn’s durchs halbe Dorf geht!). Am Morgen dann, während die beiden Verliebten vielleicht noch ahnungslos den Stall ausmisten oder am Amboß stehen, sind von Krauß bis Plempel und vom Schloß bis zur Schmiede alle schon im Bilde – und die Dorfjugend lacht sich ins Fäustchen.

Wir Kleineren scharren mit den Füßen in der Sägmehl-Spur und grübeln weiter übers Poussieren. Wenn wir alles sammeln, wissen wir einiges – aber irgendwie bringen wir die Dinge nicht zusammen. Wir sehen die Paare miteinander gehen, tanzen und Hochzeit feiern. Bald drauf werden die Frauen dicker, dann liegt ein Kind in der „Scheesn". Ob es vielleicht vom Poussieren kommt? Aber, wenn das Poussieren mit Heirat endet und Kindern: warum ist es trotzdem nicht erlaubt, jedenfalls nicht richtig, so daß die Paare es immer heimlich tun – draußen am Wäldchen, am Bachufer und droben hinter der Ziegelei?

Dann schnappe ich etwas auf, ganz sicher ging es um dieselbe Angelegenheit – nur hört es sich noch weitaus geheimnisvoller an und verbotener: X hat mit Y „Steckeli gesteckt …" Es klingt anschaulich und rätselhaft zugleich, entspricht also ganz unserer Ahnung von jenem merkwürdigen Etwas. Ich muß an Tinkertoy denken, ein wunderbares Bastel-Spiel, das wir mit einem Care-Paket aus Amerika bekommen haben: Unmengen von bleistiftartigen Stäbchen kann man durch ebensoviele walnußgroße Rädchen mit entsprechenden Ösen zu ungeheuer verzweigten Gebilden montieren, einfach phantastisch! „Steckeli stecken", im Sommer, abends draußen am Bach – das muß etwas Tolles sein. Meine Spannung wächst.

Generationen vor uns hatte es genügt, wenn die Eltern ihre Kinder zum „Storchenbrünnlein" führten, draußen an den Dorfwiesen, und ihnen spannend erklärten, wie der Vogel mit seinem Klapperschnabel die Kleinsten herausfischte. Wir glaubten weder an den Storch noch waren wir aufgeklärt. Gestern noch hatten wir nackt miteinander im Paradiesgarten des Pfarrhauses gespielt, Jungen wie Mädchen (auch wenn es ein paar böse Zungen machte im Dorf). Aber dann war der Krieg zu Ende und unser fröhliches, überfülltes Kinderheim leerte sich rasch, bis nur Klaus und ich übrigblieben. Als ich acht wurde, bekamen wir auf einmal einen kleinen Bruder. Und nachdem ich ihn einige Zeit „vertragsgemäß“ Tag für Tag gehütet hatte (und mir dafür bei Kesselring ein nagelneues „Herkules“-Fahrrad kaufen durfte), kam zuletzt eine kleine Schwester, Heidi, nach. Es gab also auch einigen häuslichen Anlaß, über das Kinderkriegen nachzudenken.

Bei Tieren erlebten wir elementare Vorgänge tagtäglich. Auf unserem Hof sahen wir einige Male, wie den Hühnern der Kopf abgehackt wurde und die Kaninchen erhielten den Fangschlag, daß es aus war mit dem Zappeln. An der Schmiede draußen, beim Hüttner, hoben die Gäule auf „hufo!“ das Bein – dann qualmte das Horn vom glühenden Hufeisen. Und wenn ich ein Kälbchen an der Kuh trinken sah, kam mir das ziemlich bekannt vor.

Wir waren von Tieren umgeben, also fanden wir bei ihnen alles ganz natürlich oder zumindest nicht besonders beunruhigend – auch das, was wir „huggln“ nannten. Wenn bei meinem struppigen Lux sein rotes Ding am Bauch austrat, dachte ich am Anfang immer, ich müßte ihm helfen, es wieder in sein „Futteral“ zu kriegen. Später wischte ich selbst unseren Flur sauber, wenn meine Senta, Lux' Nachfolgerin, ihre Blutungen bekam, das war normal. Wir sahen die Hunde einander besteigen – und wenn sie jaulten, weil sie ineinandersteckten (wieder diese „Steckeli“!), wußten wir, daß man sie mit kaltem Wasser begießen mußte. „Huggln“ hatte irgendetwas mit dem ganzen Problem zu tun – nur was? Was die Erwachsenen antworten würden, wenn wir sie nach unserer Herkunft fragten, wußten wir schon: „Wie des war, da bist du noch in Abrahams Wurschtkessel gelegen …“ „Wurschtkessel“ klang verheißungsvoller als „huggln“, weiter half es uns nicht.

Ob die Mädchen, die immer so kicherten, wenn's darum ging, vielleicht mehr wußten? Schließlich bekamen Frauen die Kinder. Wir versuchten, sie mit einem drastischen Vers herauszulocken, den wir von den Älteren gehört hatten: „Du, ich wäß en Witz /

die Weiber ham en Schlitz / Die Bum die ham en Hampelma / da ziehn die Mädli fei gerne dra!" Gerlinde Berger und Erna Graf wurden rot und liefen untergehakt davon. Wir waren so dumm wie zuvor. Auf die Idee, nach entsprechenden Büchern zu suchen, wäre ich nie gekommen. Und Illustrierte, Film, Fernsehen kannten wir nicht. Ganz schön blöde.

In unserem Versteck auf dem Heuschober beriet ich mich mit Klaus Wodtke. Er hatte den guten Einfall, es einmal an der „Regie" zu versuchen, einem alleinstehenden geheimnisvollen Gebäude hinten am Gänswasen, das eine Mauer umgab. Offiziell handelte es sich um die Besamungsanstalt des Dorfes, mit drei Gemeindedienern als Insassen: einem Bullen, einem Eber mit furchterregenden Hauern und einem entsetzlich stinkenden Bock. Der vierte, Götz Friedrich, unser Mesner, arbeitete hier nur im Nebenamt – offenbar gleichzeitig für Himmel und Erde zuständig. Natürlich war für Kinder alles streng verboten und dementsprechend anziehend.

In der Dämmerung schlichen wir uns also vom Bach her über den Judensteg hinter die Mauer. Wir knobelten, wer zuerst gucken durfte. Und nachdem ich gewonnen hatte, stieg ich über die Indianerleiter auf die Schultern von Klaus, dem ich zuvor mit Ehrenwort versprechen mußte, haarklein zu berichten, was ich sähe.

Was ich aber sah, verschlug mir zunächst die Sprache. Da stand eine Kuh zwischen Götz Fritz und einem Fremden, mit dem Hinterteil zu uns. Unser Mesner, der sonst die Abendglocke läutete und den Blasbalg trat zu „Großer Gott" und ähnlichen Liedern, stand da in Drillich und Stiefeln, hielt dem Rindvieh den Schwanz hoch – und der Fremde, im weißen Kittel, griff mit seinem Arm, um den er einen ellenlangen Gummihandschuh trug, bis zur Schulter just da hinein, wo sonst die Fladen herauskamen! Das muß man sich einmal vorstellen.

Nicht genug damit: plötzlich, während ich Klaus heiser flüsterte, was sich vor meinen Augen Unglaubliches zutrug, stürmte aus dem Nachbarstall der braune Stier, buckelte ungestüm und sprang mit allen Vieren zugleich in die Luft – durch mehrere Seile mühsam gebändigt von drei weiteren Männern (unter denen ich nur Geißels Christian erkennen konnte). Dann wurde das rebellische Vieh von hinten auf die Kuh gelenkt. Ich sah noch, wie es auf die Hinterbeine stieg, zwischen denen ein riesiger roter Stumpen sichtbar wurde – dann verschluckte ich mich vor Aufregung, kam ins Husten, Wanken, Klaus Wodtke unten wackelte seinerseits, die Burschen wurden aufmerksam, einer schüttelte die Faust herüber und warf mit einem Stein nach mir: „Gesta hemm, du Verrecker!“ Ich riß mir das Bein an der Mauer blutig, stürzte über Klaus, rappelte mich auf – wir stoben davon.

Das schwarze Loch zwischen „Poussieren“ und „Heiern“ blieb. Unser Wissen und Ahnen war durch die Mauerschau an der Regie nur weiter durcheinandergebracht. Was sollte ich eigentlich noch halten von den sanftmütigen großen Augen der Kühe? Und von unserem Mesner, wenn er fromm die Orgel aufpumpte, während er gemütlich die Speisereste aus seinen Zähnen „zuhlte“? Volker Hellinger, den wir ins Vertrauen zogen, hatte von seinem Bruder Gunter gehört, daß in Schweinfurt ein Mädchen seinem kleinen Bruder den „Pinscher“, wie wir sagten, mit der Schere abgeschnitten hätte. Das verwirrte uns noch mehr und ratlos gingen wir auseinander.

Geschlechtliche Aufklärung war kein Thema – „damals auf dem Lande“ – und im Pfarrhaus sowieso. Die Frauen, die bei Hitler ohnehin nur als zuständig für Heim und Herd gegolten hatten, trugen lange Strickröcke, die Pfarrfrauen keusche Haarknoten (die man respektlos „Glaubenszwiebeln“ nannte). Sexblätter oder Werbung mit bloßen Beinen, Brüsten und anderen Körperteilen – da sei Gott vor!

Auf der rastlosen Suche nach Briefmarken fand ich in der Post meiner Eltern eine Karte mit einer nackten Frau drauf, einer Skulptur. Aber der eigentliche Gegenstand meines Begehrens klebte auf der Rückseite: die rote 12 von „100 Jahre Deutsche Eisenbahn" (1935). Dennoch konnte ich mich irgendwie nicht dazu durchringen, die Marke auszuschneiden. Ich versteckte die Karte in „Hauffs Märchen" – auf der Seite mit dem wachsbleichen Mädchen in Florenz, dem der griechische Arzt in geheimnisvollem Auftrag die Kehle durchgeschnitten hat. Mir schienen beide Rätsel zusammenzupassen. Von Zeit zu Zeit, wenn niemand im Haus war, kramte ich das Buch hervor und betrachtete die beiden Bilder. Aber über ein merkwürdig kribbelndes Gefühl kam ich nicht hinaus. Irgendwann verlor ich dann das Interesse. Ich schnitt meine rote 12 aus – und der Fall schien erledigt, jedenfalls auf dem Papier.

Wenn ich Jahre später öfter in Romanen las, wie es angeblich die Dienstmädchen waren, die den Jungen ihrer „Herrschaft" die Geheimnisse des Eros eröffneten, konnte ich mich nur wundern. Wir hatten im Laufe der Zeit sicherlich zwanzig „Haushaltshilfen" (wie sie nachher hießen), die hinter unserer Küche eine schmale Kammer bewohnten. Ich glaube, sie waren genauso verträumt und unschuldig wie wir Kinder. Vielleicht sieht man's schon daran, daß sie Anni hießen und Sophie, Luise, Erna, Meta oder Martha. (Hannelore, Anneliese und Ingrid, die letzten – das klang dann schon eher nach den fünfziger Jahren ...). Wahrscheinlich ging's bei den Romanfiguren ja auch um das Raffinement der Stadt. Unsere Dienstmädchen, Einheimische oder Flüchtlinge, stammten aus den Dörfern der Umgebung und hatten in der Regel ein einfaches und direktes Gemüt. Uns Kindern kamen sie manchmal ganz schön handfest – die meisten liebten wir trotzdem oder deshalb. Auf die Idee, sie als Geschlechtswesen zu betrachten, wäre ich wirklich nicht gekommen. Aber vielleicht handelte es sich dabei auch um eine Altersfrage.

Als jedenfalls Vater dann für eine kirchenmusikalische Organisation verantwortlich wurde – der Grund, weswegen wir bald darauf das Dorf ganz verließen – zog erstmals eine Art Sekretärin bei uns ein. Und obwohl wir, wie gesagt, bis nach dem Krieg jede Menge Dauergäste hatten, dazu die Dienstmädchen, schien sie mir das erste tatsächlich fremde weibliche Wesen in unserer Hausgemeinschaft. Also legte ich mich auf die Lauer.

Samstags war bei uns, wie überall, Badetag. Natürlich gab es („damals und auf dem Lande") noch keine Badezimmer. Vielmehr badeten wir in einer Waschküche, die ein paar Schritt vom Haus im Hof lag. Am Samstagmittag wurde dort der riesige gemauerte Bullerofen angeheizt. Dann setzte Mutter mit dem Dienstmädchen große Wasserzuber auf, bis es dampfte wie in einer Sauna. Und schließlich begann die Waschzeremonie.

Erst lief Vater im Bademantel hinüber, um die Zinkbadewanne einzuweihen; danach kam Mutter dran und hinter ihr das Dienstmädchen. Zuletzt wurden wir Kinder in den kleineren Sitz-Bottich verfrachtet oder mußten, älter geworden, das Badewasser aller Vorgänger – dem ein bißchen heißes hinzugefügt wurde – benutzen. Was für ein Vergnügen, in Frotteetücher gewickelt auf Holzpantinen durchs Freie ins Haus zurückzuspringen! Der Badetag war eindeutig mein Lieblingstag.

Aus Gründen, an die ich mich nicht mehr erinnere, kam Fi-Hü – so nannten wir sie nach dem Sekretärinnen-Kürzel ihres Doppelnamens – von der Zeit an, als sie bei uns wohnte, als erste mit dem Baden dran, am hellichten Nachmittag. Also schlich ich mich zu unserem Sandkasten, der vom Garten aus an die Waschküche grenzte, und versuchte hineinzusehen. Ich hatte Pech. Zwar gab es keine Fensterläden, dafür jedoch Vorhänge von innen –

und die schlossen dicht. Ich probierte es ein paar Waschtage hintereinander, immer vergeblich. Als ich dann fast schon ans Aufgeben dachte, da geschah es. Entweder hatte Fi-Hü nicht richtig zugezogen oder es lag an einem Luftzug: jedenfalls sah ich sie nackt, einen winzigen Augenblick nur, aber doch von oben bis unten: splitternackt. Ich weiß noch heute, wie mir der Atem stockte und ich stracks wie in Panik davonlief. Und diese Panik rührte von einem einzigen Punkt her.

Einerseits war alles wie auf meinem Bild aus Hauffs Märchen – ich meine die Postkarte, nicht das wachsbleiche Mädchen (obwohl auch davon was im Spiele war); andererseits ... Was mich schockierte, war die Behaarung zwischen den Beinen, die an meiner Skulptur natürlich fehlte. Und weil ich von mir und meinen Spielkameraden ausging, nahm ich selbstverständlich an, daß es das bei Männern – also bei uns Jungen – überhaupt nicht gäbe.

Ich ahnte, daß ich dem Geheimnis auf der Spur war und beschloß nach einigem Abwägen, Klaus Wodtke einzuweihen – der zu meiner Überraschung an einer seiner größeren Schwestern schon eine ähnlich bestürzende Beobachtung gemacht hatte. Es wurde heiß. Wir wähnten uns als Entdecker eines fremden Erdteils, Afrika mindestens oder Amerika (womit wir der Sache eigentlich ziemlich nahe kamen). Wir fühlten uns nämlich durchaus unsicher, ob außer uns überhaupt noch jemand diese Kontinente kannte. Unglaublich!

Erst die Regie, dann das. Wir waren ganz schön durcheinander – und mit dem Poussieren trotzdem noch kein Stückchen weiter. Immerhin gab es dann bei den Haaren einen gewissen Lichtblick. Klaus Wodtke wurde beauftragt, seinen Bruder Norbert ins Vertrauen zu ziehen, der sich, als schon Erwachsener, wie ein Onkel zu ihm verhielt. Norbert jedenfalls wußte offenbar auch schon Bescheid, grinste ein bißchen und erklärte es ihm so: Die Männer hätten einen

Bart am Kinn oder überm Mund, die Frauen eben zwei Stockwerke tiefer. Und wozu der männliche Bart gut wäre, den man dauernd abrasieren müßte, könnte schließlich auch keiner sagen. Wenn ich daran dachte, wie umständlich Vater morgens immer den Seifenschaum anrühren mußte, im Spiegel Grimassen schnitt, die Nase vor dem Rasiermesser beiseitedrückte und dann doch ab und zu blutete – leuchtete mir das schon ein. Wieder waren wir ein Problem los. Eine leichte Unruhe freilich blieb.

Meine Eltern wagte ich solche Dinge nicht zu fragen – ganz abgesehen davon, wenn das mit der Regie oder gar mit der Waschküche rausgekommen wäre! (Sowieso hieß es bei allen unpassenden Gelegenheiten im Dorf immer: „Freilich, em Pfarrer seiner vorn dra!") Mutter wischte solche Sachen meistens mit „Das sagt (oder fragt) man nicht" ohne langes Federlesen weg. Vater hätte man im Traum nicht mit etwas unterhalb des Bauchnabels behelligt – es sei denn mit einem Furunkel oder so. (Er hatte den Krieg ja als Sanitäter mitgemacht und behandelte praktisch alles, was vorkam, mit essigsaurer Tonerde, Borsalbe oder Zibazol.)

Vater war streng und beherrscht, eigentlich immer wenigstens halb im Talar. Alles mußte bei ihm seine eiserne Ordnung haben: vom pünktlichen Essen über das Andachtsritual bis zu den Briefen, die sich rechteckig auf dem Postablage-Tisch sammelten. Sein Amtszimmer, an dessen Tür wir stets anzuklopfen hatten, lag zwischen Küche und Hausflur, dummerweise also mitten im Leben. Wir gingen oft auf Zehenspitzen dran vorbei – nicht nur, weil er nicht gestört werden durfte. Sein Klappern auf der alten „Adler"-Schreibmaschine – besonders Samstagnachmittag, wenn er die Predigt ins Reine tippte – hörte ich noch jahrelang in allen Ämtern, hinter deren Türen es um die Menschen davor ging.

Vaters Amtszimmer, das ist der Schreibtisch, hinter dem der Schreiber den Eintretenden erst einmal als Störer abwehrt, die alte „Adler“ dann und der voluminöse Pergamentschirm der Stehlampe dahinter, das kostbare Cembalo gegenüber, düster eingebundene Bücher und verschlossene Schränke. Raritäten wie die schaukelnde Briefwaage oder die riesige Papierschere im verblichenen Lederfutteral muß man einfach in Bewegung bringen, trotz Verbot, wenn Vater mal nicht da ist.

Schließlich gibt es für mich ein Gerät, das dem Raum vollends Magie verleiht. Es besteht aus einem kleinen schwarzen Kasten mit einer Kurbel und der hohen Gabel für den silberhellen Hörer: unser Telefon. Ich darf oft den Hörer abnehmen, wenn es läutet und niemand ist da: „Volkach nullsiebzig“ – die Nummer habe ich bis heute gespeichert. Aber schwarz ist die Farbe des Amtszimmers geblieben: der Apparat, das Regal, der Talar und sogar das Cembalo.

Natürlich war Vater auch ein guter Vater: spiellustig, singfreudig (nicht sangesfroh!) und oft zu Späßen aufgelegt. Er malte und schnitzte, bastelte uns ein Kaspertheater, schrieb uns illustrierte Notenbüchlein und erfand ein „Verhextes Bilderbuch“, das er aus Handgranaten-Karton geheftet hatte. (Seine dreiteilig geschnittenen Figuren – Soldat, Hexe, Schüler, Eule oder auch Ente – ermöglichten unendliche Kombinationen mit dem Kopf der einen, dem Bauch der anderen und den Füßen der dritten.) Aber obwohl Vater anfangs im Sommer noch manchmal in kurzen Hosen oder auch in den lustigen Knickerbockern durch den Garten lief – sie paßten nicht zu ihm.

Mutter blieb immer ein Schürzenzipfel zum Tränentrocknen, ein Arm zum tröstenden Aufsitzen. Vater trug stets Talar, den lutherisch schwarzen mit dem gestärkten Beffchen. Da er von der Kanzel aus der ganzen Gemeinde ins Gewissen redete, blieb er auch zu Hause unfehlbar: er kleckerte nicht mit der Suppe, erlag keinen Naschgelüsten und vergaß nie, am Schaber neben der

Haustür den Dreck von den Schuhen abzutreten. Die Leute im Dorf sprachen mit Ehrerbietung über ihn (erst recht natürlich mit ihm). Und die Vikare oder Fi-Hü folgten seinen Anweisungen – also hatte natürlich auch Mutter zu ihm aufzuschauen, wie es ihr in ihrer Diakonissenschule nicht anders beigebracht worden war. Von uns Kindern ganz zu schweigen. (Daß Klaus und ich in Gelächter ausbrachen, als er einmal beim Mirabellenernten aus nicht eben ungefährlicher Höhe von der Leiter stürzte, war die logische Folge.)

Mutter langte uns hin und wieder mal eine, besonders mir – das war in Ordnung. Wenn er im Amtszimmer hörte, daß wir „böse" Widerworte gaben oder Schlimmeres, rief er uns barsch von drinnen und hieß uns eintreten. Wir mußten uns bäuchlings über den Klavierhocker legen, dann schlug er uns hart mit der Haselnußgerte. Danach hatten wir unter Tränen seine Frage zu beantworten, wie das vierte Gebot laute. („Du sollst deinen Vater und deine Mutter ehren" – natürlich in dieser Reihenfolge.) In schwereren Fällen gab es dazu einen oder zwei Tage Hausarrest. Wenn ich bedenke, daß ich die zehn Gebote damals rauf und runter konnte, ist es eigentlich erstaunlich, daß ich mich an ein paar von ihnen heute nur noch schwach erinnere. Vielleicht weil sie schon damals um das achte, neunte herum sich immer weiter von meinem Alltag entfernten – vielleicht auch, weil es die erzieherische Lern-Koppelung zwischen Prügel und Gesetz nur bei Nummer vier gab, wer weiß.

Vater war ein wichtiger Mann. Er hatte dreiviertel des Dorfs unter sich und selbst die Katholiken grüßten ihn höflich. Vor dem Abendmahl standen die Leute in unserem Flur für die Anmeldung Schlange, sogar Lehrer und Bürgermeister. Er sprach für den lieben Gott, am Traualtar und am offenen Grab. Er goß den Neugeborenen Wasser über den Kopf und besuchte die Kranken mit seinem Abendmahls-Köfferchen. Er segnete ein und segnete aus. Sogar Eberhardts Heinrich, der so rauhbauzig war und vor nichts Angst zu haben schien, stand lammfromm vor Vater und bettelte um Befreiung von der sogenannten Christenlehre (weil er als Verteidiger einspringen sollte in der Jugendmannschaft am Sonntagnachmittag). Daß Vater sogar die Zeit anhalten konnte, überraschte mich dann kaum noch: ich erinnere mich, daß er mich auf den Arm nahm und hinaufdeutete zum Zifferblatt überm Schalloch des Kirchturms, wo Mesner Götz den kleinen Zeiger um eine Stunde vorschob – natürlich in seinem Auftrag, sonnenklar. (Wie sollte ich begreifen, daß die Amerikaner mit der Einführung der Sommerzeit experimentierten ...)

Als Vater aus dem Krieg zurückkehrte, kam er mir fremd vor, eher wie ein Onkel. Später haben mir Gleichaltrige oft ähnliche Erfahrungen und Empfindungen mitgeteilt. Wir waren im Krieg fast vaterlos aufgewachsen, in einem Haus voller Kinder und Mütter, die diese schwierigen Jahre auf ihre Art praktisch bewältigten. Nun wurde Mutter, die zuvor den Organisten ersetzt und in den letzten Kriegstagen sogar eine Not-Beerdigung gehalten hatte, wieder „Frau Pfarrer" und im Amtszimmer spielte die Musik.

Wahrscheinlich war es diese neue Situation, auf die ich mit Bettnässen reagierte – und da ich mich dafür natürlich schämte, versuchte ich morgens, wenn ich das Unglück bemerkte, den Schaden dadurch unsichtbar zu machen, daß ich Mehl auf das Leintuch streute. Aber vielleicht hatte es auch gar keine psychologischen Gründe, sondern rein physiologische: schließlich fehlte es nach dem Krieg allerorten an Brennmaterial und unser Pfarrhaus war oft eiskalt, selbst im Sommer noch Monate kühl, ja feucht. Und im Winter blieben wir auch unter den dicken Federbetten lange klamm.

Autorität Kirche hin, Amtsperson Pfarrer her – auf dem Dorf lebten wir wie alle anderen (in mancher Hinsicht vielleicht eher noch ein bißchen karger). Wohnkomfort existierte in den alten Bauernhäusern, zu denen ja auch unseres zählte, nirgends. Weder gab es Zentralheizung noch ein Badezimmer, gar eine Dusche oder auch nur warmes Wasser aus der Leitung. Im Schlafzimmer unserer Eltern stand eine porzellanene Waschschüssel mit einer kräftigen Karaffe (und im dreiteiligen Spiegel dahinter waren es noch ein paar Dutzend mehr): das diente der Reinigung am Abend und am Morgen. Für alles übrige besaßen wir einen Ausguß in der Küche.

Die Nazis und der Krieg hatten die Haushalte technisch ins 19. Jahrhundert zurückgeworfen. Uns Kindern, die wir nichts anderes kannten, erschienen die altertümlichen mechanischen Geräte als völlig normal – von Wäschestampfer und Waschbrett bis zu Kartoffelstampfer und Kartoffelreibe. Da wir nicht selten im Dunkeln saßen, hätten elektrischer Handmixer oder Entsafter uns auch wenig genützt. Als dann bald die ersten Vertreter mit Staubsaugern auftauchten, wurden sie bestaunt wie Leute von einem anderen Stern. Außerdem – war es nicht viel lustvoller, das Gemüse durch die „flotte Lotte" zu drehen? Bei hohem Besuch jedenfalls, wenn der Luxus ausbrach, rissen wir uns darum, wer die Kaffeemühle zwischen die Beine nehmen und die widerspenstige Kurbel zum Kreiseln bringen durfte, um am Ende stolz das Schublädchen mit dem braunen Mehl zu präsentieren.

Der Herd in der Küche, zugleich Heizofen, brannte während der kälteren Jahreszeiten den ganzen Tag. Auf Eisenringen, unter denen das Holz loderte oder die Kohlen glühten, sang das Wasser in den Aluminiumtöpfen, schmorte später sonntags im Gußeisernen der Braten; elektrisch und Gas kannten wir nicht. Weder kann ich mich an Beutel mit Fertiggerichten erinnern noch an einen Dosenöffner; die Konservenbüchsen mit dem an die Unterseite genieteten „Blechaufwickler", die uns die Amis gelegentlich zuwarfen, fanden wir schlicht sensationell. Alles was auf den Tisch kam, hatte ich vorher bei den mannigfaltigen Formen seiner Zubereitung in der Küche gesehen: Waschen und Schälen, Schneiden und Schnibbeln, Reiben und Ribbeln, Schaben, Schlagen, Rollen, Walzen, Pressen, Stoßen, Stampfen und Rühren – alles von Hand und jedes nach seiner Art. Unsere Küche habe ich geliebt.

So wohlig freilich die Hitze knackte (besonders wenn man eine Kastanie unters Holz schmuggelte) – daß Kohleneimer und Brikettständer auf dem Bodenblech vorm Herd sich so schnell leerten, beobachteten wir stets mit Besorgnis. Der Gang in den tiefen dunklen Keller war äußerst unbeliebt, selbst wenn es am Eingemachten vorbeiging. Übrigens wanderte in die Tiefe auch, was gekühlt werden sollte. Und was aufgehoben wurde vom Essen zum Aufwärmen, kam in den sogenannten Fliegenschrank.

Mit der Ernährung mußten die Hausfrauen ganz schön erfinderisch sein. Während des Kriegs, ja noch viele Jahre danach, mangelte es fast an allem – ob Milch und Mehl, Eier oder gar Fleisch. Statt Butter wurde Sparfett benützt, als Aufstrich Rübensirup. Mit Magermilch pfuschte man den Kühen ins Handwerk und mit Kunsthonig den Bienen. Fast für alles existierte „Ersatz“: hinter „Kaffee-Ersatz“ verbargen sich Malz oder Zichorie, die niedlichen Süßstoff-Tabletten waren aus Sacharin. Stearin wiederum ersetzte das Wachs der Kerzen, die ihrerseits ab und zu das elektrische Licht vertreten mußten. Dafür enthielten die Schubfächer des Küchenbuffets wirklich das, was außen draufstand (und heute beim Antiquitätenhändler so nett nostalgisch klingt): Sago, Graupen und Grieß, Haferflocken oder Kartoffelmehl.

Während des Kriegs bis lange danach gab es das meiste an Essen und Trinken nur auf amtlichen Lebensmittelmarken zu kaufen. Und da sie hübsch bunt waren und vielgestaltig, spielten wir mit den verfallenen Schnipseln ungerührt Kaufladen. Weiteres Spielzeug hatte uns der Krieg hinterlassen, Klappbesteck etwa und

Aluminiumtöpfe der Soldaten. (Und die fellbedeckten Tornister, „Affen" genannt, sowie die filzummantelte Feldflasche zum Dranhängen benützten wir später sogar noch als Jugendliche.)

Uns Kinder störte der Speisezettel nicht im geringsten, schon weil wir ja nichts anderes kannten. Irgendwie merkten wir natürlich, wie trickreich die immer gleichen Sachen in anderer Form auf den Tisch kamen – und hatten unsere Freude daran. Daß der Rest eines Mittagessens am nächsten Tag als Suppe oder so wiedererschien (also Pfannkuchen als Pfannkuchen-Suppe, Erbsen als Erbsenpüree usw.) – davon rede ich gar nicht. Aber konnte denn jemand sich hübscher und vielfältiger verkleiden als unsere „Kadoffln", die gewöhnlichen graubraunen plumpen „Adöpfl" („Erdäpfel", wie sie sonst überall hießen)? Kartoffelklöße und Kartoffelsalat, Kartoffelbrei, Kartoffelpuffer und Reibekuchen (mit Apfelbrei!), Kartoffelauflauf, Brat- oder Pellkartoffeln (natürlich mit Quark!) ...: durch die Küche meiner Kindheit kollern die Kartoffeln wie hingestreut aus einem Zaubersack, nahmen die Gestalt von Männlein und Weiblein an, verwandelten sich in Tiere und Fabelwesen. Daß sie einmal als schnöde Beilagen enden würden, an Würstchenbuden, oder als gedankenloses Knabberfutter vorm Fernseher – das wurde, um es in der Tonart der Küchenlieder auszudrücken, „Pommes" und „Chips" nicht an der Wiege gesungen.

Unserer Meinung nach mangelte es uns an nichts. Mit einem in Schmalz gerösteten Brot oder einem auf dem Ofen geschmorten Apfel hätten wir es den ganzen Tag aushalten können. Da die Erwachsenen das anders sahen, mußten wir eine Zeitlang, wie alle Kinder damals, Gummipillen mit Lebertran schlucken – scheußlich! Ab und zu fiel mir wohl auf, daß es ein bißchen viel rote Bete gab, als Gemüse, Salat, Saft und sogar aufs Brot. Auch Mangold, Schwarzwurzel oder Spinat hätten ruhig etwas seltener vorkommen dürfen. Aber Linsensuppe mit Speckschwarte, Rotkraut mit Apfel, aufgebratene Klöße mit Apfelbrei, Grießbrei mit Zimtzucker, überkrusteter Nudelauflauf – konnte sich jemand überhaupt herrlichere Gerichte vorstellen? Und manchmal lieh Vater für Sonntag die Eismaschine von Herrn Hüsam in Krautheim und es gab Speiseeis, Erdbeer und Himbeer, soviel du wolltest.

Das Beste aber, so habe ich es als Kind gelernt, das Beste heben wir uns auf bis zum Schluß. Das Beste, das war … – nein, eigentlich muß man zwei „Beste" nennen: das eine, mehr noch so in der ganz armen Zeit, waren die Windbeutel – und das andere kriegen wir später.

Windbeutel buk (ja, buk!) Mutter auf einem ganz besonderen Blech, das wir dafür immer von Stahlers gegenüber borgten: auf der Platte, vielleicht verlötet, standen drei mal drei Behälter, groß wie Nachtisch-Schüsselchen und von ähnlichem Aussehen, nur rundherum in Zierformen gewellt wie ein Guglhupf. Aus ihnen quollen dann, wenn sie aus der Röhre kamen, federleichte hellbraune Ballen – eben Beutel mit nichts drin als Luft, jedenfalls bis wir sie mit Vanillesoße gefüllt hatten. Und wenn ich ehrlich bin, dann machten das eigentümliche Blech und der märchenhafte Name des Gebäcks doch schon eine Menge aus von seinem wunderbaren Geschmack.

Zu meiner anderen bevorzugten Mehlspeise brauchte man schon etwas mehr als Wind und ein geliehenes Blech: Zitrone, Rosinen, Butter, Nüsse, Zucker und Zimt – man kann sich leicht vorstellen, daß der daraus fabrizierte Gaumenkitzler erst später zum „Besten" aufsteigen konnte. Dafür allerdings ist er bis heute mein Lieblingsgebäck geblieben – je unaufhaltsamer er mit den Großmüttern aus den Küchen verschwindet: der Apfelstrudel!

Der Apfelstrudel ist der König unter den gebackenen Süßspeisen – oder vielleicht auch die Königin (mit dem Geschlecht bin ich mir gerade bei diesem erotischen Objekt meiner Lüste nicht so sicher). Er ist ein Gesamtkunstwerk. Sein Teig muß so geschmeidig und zäh zugleich sein, daß er sich über den ganzen Tisch auswalzen läßt und ziehen, bis er dünn ist, durchsichtig wie ein Bettlaken. Wenn die Kunst der Hände das ihre getan hat, schmeichelt die Füllung dem Auge und die Apfelschnipsel befriedigen die tastenden Finger. Gibt dann die Röhre endlich die fertige Rolle wieder preis, dann kommt erst die Nase auf ihre Kosten und vor dem Gaumen sogar noch das Ohr: mein Apfelstrudel ist fest und biegsam zugleich – außen von solch krustiger Überwölbung, daß sie knackt unter dem ersten Biß. Sein Inneres wiederum bietet der Zunge sich so glitschig verschmolzen dar, daß ihre Spitze Apfel und Rosine eben nur erfühlt. Dann gleitet der weiche Teig auf der sämigen Vanillesoße schon den Schlund hinunter, als würde ein ganzer Stapel orientalischer Märchenteppiche verschluckt von einem unbekannten Strudel des Nil.

Backen ist das größte Vergnügen in der Küche – und die Hochzeit dieses Vergnügens ist Weihnachten, genauer natürlich die Adventszeit. Etwa vom ersten Advent an werden bei uns die Plätzchen gebacken, die dann Kisten und Kasten in der Registratur anfüllen – mit jeder neuen Kerze auf dem Adventskranz einen Behälter mehr, um besonders schmackhaft zu werden durch die längere Lagerung.

Plätzchenbacken ist meine Lieblingsbeschäftigung, die vielleicht sogar noch vor dem Plätzchenessen rangiert. Da gibt es die Formen aus schmalen Blechstreifen zum Ausstechen von Herzen und Sternen, Halbmonden und Tannenbäumen (vor allem aus Lebkuchen- oder normalem Butterteig). Dann sind da die Holzmodeln für „Springerle“ (Spekulatius) mit den spiegelverkehrt ausgehöhlten Ansichten: ganze Bildstöcke mit merkwürdigen Geschichten oder kleine Blöcke mit ein zwei Motiven – die Frau mit den Puffärmeln und das Schwein mit dem Ringelschwanz – schön altmodisch oder vom Vater neu geschnitzt, in den nicht allzu weichen Teig zu pressen wie bei einem Druck. Das braune Ulmer Brot, das zuletzt mit Zuckerguß überpinselt wird und mit buntem Hagelschlag bestreut, darf ich mit einem kleinen Teigroller in Rauten rädern. Haferflocken- und Nuß-Makronen auf Oblaten, Quittenschnitten auf Pergamentpapier, marmeladeverklebte Rundlinge (die wir „Doppeldecker" nennen, noch Jahre nach dem Krieg), Anisscheiben, Marmorröllchen, Zimtsterne und Pfeffernüsse ...: Weihnachten hat seinen einmaligen Geruch – und für mich ist er in dieser vielfältigen Mischung von Plätzchen mehr und eigentümlicher enthalten als in allem Tannenbaum, flackernden Kerzen und festlicher Bratwurst zusammen.

Doch bevor es soweit war, gab es da ohnehin noch ein besonderes Datum: den 6. Dezember – Nikolaus! Nikolausabend, davor hatten wir in Zeilitzheim alle Respekt. Unser Nikolaus nämlich heißt „Pelzemärtl" und ist weder aus Schokolade noch trägt er roten Mantel oder weißen Bart. Der Pelzemärtl erschien uns als wüster Geselle, den ich durch das (zum Glück vergitterte) Fenster mit seinem unheimlichen Sack und besengroßer Rute drohend durch den Schnee stapfen sah. Der dann zu uns kam, wirkte zwar ein bißchen freundlicher; aber daß er so genau im Bilde war über freche Widerworte, mangelndes Schuhe- oder Zähneputzen und sogar über mein Bettnässen – es machte ihn nicht weniger unheimlich. Natürlich gelobten wir, einigermaßen beeindruckt, Besserung, sagten unser Gedicht auf, bekamen ein paar Süßigkeiten mit einem Fichtenzweig – dann verschwand Vater unerkannt in der Waschküche, um sich umzuziehen.

Irgendwann, als es wieder einmal soweit war, wurde die Aufgabe Frau Gropp übertragen. Während Klaus seinen Ohren noch nicht recht traute, erkannte ich sie sofort an der Stimme – ohne viel Aufhebens davon zu machen. Ich glaube, Pelzemärtl rückte von da an in eine Reihe mit unserem Kaspertheater: da spielte ich doch zum Beispiel ebenso den Teufel – und war ich es nicht zugleich wirklich? Aus dem Haus ging man, solch tiefen Erkenntnissen zutrotz, besser auch jetzt nicht. In der Dunkelheit zogen die Nikoläuse kettenklirrend durch die Straßen, schüttelten die Faust gegen erleuchtete Fenster und stießen dumpfe Verwünschungen aus. Wehe dem, den sie erwischten ! Nicht selten packten sie zeternde Jugendliche in ihren Sack und verschleppten sie bis weit vors Dorf hinaus. Die Burschen auf dem Land tobten ihre unbändige Kraft in jenen Bräuchen aus, die eine Generation der nächsten weitergab – ohne an Pädagogik zu denken.

Wenn das Dorf selbst so etwas hat wie eine Kindheit – in jenen Jahren erlebte sie, von uns nicht bemerkt, eine letzte Blüte vor dem Erwachsenwerden. Das Zeitalter der Motorisierung, der Mähdrescher und elektrischen Melkanlagen, der Nebenerwerbslandwirte und Industriebauern benötigt für seine Dämmerstunden nur noch Fernsehblau, Autos vor jedem Haus und Diskotheken mit Wagenrädern an der Wand – vergessen Pfädlessträhn und Polterabend, Pelzemärtl, Maibaum, Schlachtschüssel und Krampeln. Und dabei rede ich noch gar nicht von Fastnachtskrapfen voll mit Sägmehl und dem In-den-April-schicken – oder den alltäglichen Foppereien, wenn uns die Älteren (und wir wieder die Jüngeren) zu Krönlein oder Kohles laufen ließen, um Giebelspitzen zu holen und „Haumichblau“ für einen Groschen …

„Kirchweih“ ist vielleicht das einzige, was davon noch überlebt hat oder wiederbelebt wurde auf den meisten Dörfern. Unsere „Kerm“ freilich war etwas anderes als Ausschank im Bierzelt, Blechmusik und ein paar Buden mit Würstchen oder Lotterie. Ende Juni wußten wir, was die Stunde geschlagen hatte: heiß ersehnt, zogen die Karussell-Wagen auf dem vorderen Gänswasen ein. Schon der Aufbau versetzte uns Jüngere in Aufregung, nicht nur weil wir uns mit Handlanger-Diensten ein paar der begehrten Freikarten verdienen konnten. Abendelang waren inzwischen die Älteren mit dem Herrichten der Umzugswagen beschäftigt. Während einige „Sprüch" dichten für die launige Fahrt durchs Dorf, werfen andere die Girlanden über die Kastanien am Gänswasen, bereiten den Platz vor für allerlei Spiele. Beim „Barchers Wochner" probt zwischen Leimgeruch und frischen Hobelspänen Hans Becherts Posaunenchor. Überall sind die Frauen am Backen und Brutzeln: Zeilitzheim, unser Zalzem, riecht nach Kerm.

Nachts rücken dann die Mutigsten aus, um den Kirchweih-Baum zu schlagen – in fremdem Holz, wie niemand es anders kennt seit eh und je. Natürlich muß alles vollkommen lautlos vor sich gehen und ohne Licht, hinterläßt daher meist Schrammen, nasse Füße und andere Folgen. Aber – der Baum ist im Dorf, wird aufgerichtet neben der Regie, hochgestemmt von kräftigen Burschen: „Ho-ruck – sä-ruck – ho-sä-ruck!"

Dann endlich ist Samstag und alles gerichtet. Schon am Vormittag strömt das halbe Dorf hinaus auf den Gänswasen. Wer ja noch zögert, dem wehen heisere Lautsprecherfetzen über Dächer und Gärten ihre Verheißungen zu. Natürlich haben alle schulfrei. Und wenn Kesselrings Paul uns frischgeschoren entläßt, ziehen wir spornstreichs der Musik nach über die Brücke auf den Platz.

Aufgepaßt, drei Tage dauert die Kerm! Aber so fest wir auch unsere „Zehnerli" in der Tasche umkrampfen – wie magisch verwandeln sie sich bald in die perfektesten Herrlichkeiten: Zuckerwatte und kandierte Äpfel, Pappschlangen, Luftballons, Nachtigallen für das Gaumensegel, Spiralen aus Bärendreck und Pfeifchen aus Karamel. „Kettenkarussell aber fahre ich erst am Nachmittag …" – und sitze doch plötzlich schon auf dem schaukelnden Sitz, hoch die Arme und ab geht die Fahrt! Wir drehen und steigen, jaulende Musik und Jubel, ich fliege über Schreiner Bergers

Vorhof, dem Bachgeißel ins Fenster, immer höher, immer schräger, Schwindel laß nicht nach – da drosselt der Schwung, wir sinken, werden schwer, eine langsame Runde noch, Auspendeln und Stand, benommener Abgang vom Podest.

Die Erde mit ihren Geräuschen und Gerüchen hat dich wieder. In der Schießbude scheppert das Wandblech und die weißen Röhrchen mit den Papierblumen drin zerspritzen in der Gegend. Da wir noch nicht schießen dürfen, legen wir drei oder vier Zündplättchen übereinander und schlagen mit dem Stein drauf – das knallt auch ordentlich und riecht nach Pulver. Dann hinüber zur Schiffschaukel, die ist blaugrün angemalt mit Wogen, Meerjungfrauen und dem wilden Neptun. Zwei Schiffchen, jedes immer für zwei Personen, schaukeln nebeneinander – aber eigentlich sind sie zu schwer für uns in die Höhe zu bringen; außerdem muß man gut eingespielt sein als Paar mit Stehen und Mitschwingen, In-die-Hocke-gehen und Schwunggeben.

Im dritten Winkel schließlich hängt die Sensation: das Schiff mit Überschlag! Dafür hat man sich sorgfältig anzuschnallen mit einem breiten Leibgurt um die Hüfte und natürlich erwachsen zu sein. Aber selbst da trauen sich wenige – nur Goldsteins Alfred, der König der Lüfte, sogar mit seinem Mädchen, bewundert und beneidet. Alle gaffen auf die Überschlag-Schaukel, einen Augenblick lang wird's mucksmäuschenstill: der Gänswasen steht auf dem Kopf, ein vielstimmiges „Ah!" – und die Röcke fliegen …

Dann leert sich der Platz, der Kirchweihumzug beginnt! Buntgeschmückte Wagen werden durchs Dorf gezogen – von Pferden mit Augenklappen und verzierten Ohren, Ochsen mit „Gemeebrillen"; sogar der Schweif der Gäule ist hochgebunden mit farbigen Bändern. Jubel und Hallo begleiten den Zug – aber eigentlich warten alle nur gespannt darauf, wer oder was heuer mit der „Kerme-Predicht" durch den Kakao gezogen wird: ein dorfbekanntes Poussierverhältnis oder das verfrühte „freudige Ereignis", ein Mißgeschick mit dem Bulldog auf der Waage, der Reinfall mit dem Pflügen des falschen Ackers. Und wer sich nicht beliebt macht durch Spenden für die ewig durstigen „Kerm-Burschen", ist mit Sicherheit selbst dran im nächsten Jahr!

Vor Sälersch Albert angekommen, stolziert auf einmal Ecksteins Wilhelm unter einem überdimensionalen Strohhut in schlabbernden Frauenkleidern über den Wagen, behängt mit einem riesigen Halsband aus leeren Persil-Packungen. Jeder ist sofort im Bild, daß damit die „Hutschachtel" gemeint ist – die zur allgemeinen Gaudi plötzlich unter die Tür tritt: hager und altjüngferlich, aber auch mit guter Miene zum halb so bösen Spiel, winkt sie der lachenden Menge mit eben jenem blumengeschmückten Hut zu, von dem ihr Spitzname herrührt (wie heißt sie eigentlich wirklich?). Für Kohles dann hat Rettners Otmar ein Gedicht geschrieben, das mit dem Vers beginnt: „Kohles, das ist das Dreimädelhaus / da schauen viele Augen nach Freiern aus." Wer den Schaden hat, braucht für den Spott nicht zu sorgen.

Aber auch die Konkurrenz kommt dran, regelmäßig sogar: schließlich ist Krönleins Heinrich „der" Jüngling von Zeilitzheim, fast schon eine Art Institution. Pantomimisch führt Knies Helmut mit Englerts Luise vor, wie es wäre, wenn einer hinter dem Ladentisch sich auf einmal in eine verliebt, die doch nur Eis kaufen will – das allseits beliebte Krönlein-Milcheis, das dahinschmilzt, während er sie angafft in seinem taubengrauen Verkäuferkittel mit offenem Mund.

Alle sind natürlich begeistert – und selbst Heinrich, der ewige Junggeselle, lächelt, wenn auch ein bißchen süßsauer. Und wird am Montag wieder im Laden stehen, im taubengrauen Verkäuferkittel: einmal Erdal dunkelbraun (die kleine Dose), eine Erbswurst, zwei Ecken Helveta …

Alle kommen sie dran: der Pfarrer, der Lehrer und der Bürgermeister, einheimisch oder Flüchtling, evangelisch wie katholisch. Monatelang werden sie im Dorf noch von diesem Umzug sprechen, die meisten voller Begeisterung (ein paar vielleicht auch beleidigt). Und schon am Abend wird es losgehen damit, denn da ist Tanz in allen drei Wirtschaften. Aus den Holzfässern zischt das Bier. Und das Dorf brodelt.

Am Sonntag ist die Kirche geschmückt (um die es eigentlich ja mal ging bei der Kirchweih), aus dem Schalloch wehen die Fahnen und auf dem Marktplatz spielt der Posaunenchor. Nach dem Gottesdienst dampfen überall die Festtagsbraten auf dem Tisch der guten Stuben – und als Nachtisch gibt's Vanilleeis, das gute von Krönlein, ohne jede Ablenkung mit der Kelle aus dem Topf geschabt von Heinrich im taubengrauen Verkäuferkittel. „Ee Eis für a Fünferla …"

Nach dem Essen, endlich, darf auch das Karussell wieder Musik machen und der Rummel beginnt. „Ma-rie-andel, -andel, -andel / Du hast mein Herz am Bandel, Bandel, Bandel …" Da ich mich gerade ein bißchen verguckt habe in Grafs Erna, gebe ich meine letzte Freikarte hin – und los geht die Luftreise wieder, hoch über Grafs geducktes Häuschen, wie auf einem Märchenteppich aus Merkels Basar, hui! Wie lang währt der Traumflug auf dem Kettenkarussell der Verliebtheit – zwei Minuten, eine Ewigkeit? „Marie-andel, -andel, -andel …"

Später am Nachmittag beginnen hinten auf dem eigentlichen Gänswasen allerlei Spiele auf der mit Sägmehl gestreuten Bahn: Sackhüpfen und Eiertragen auf einem Löffel in der ausgestreckten Hand, Bockspringen, Handstandlaufen und Langsamfahren mit dem Rad – wer ist der langsamste? (Mensch, waren das Zeiten!)

Oben am „Kermbaam", neben der Regie, baumeln inzwischen Würste von seinem grünen Kranz und geheimnisvoll in Silberpapier gewickelte Päckchen. Wer wagt gewinnt! Viele Burschen versuchen hinaufzuklettern, von der allgemeinen Schau- und Spottlust begleitet. Auf die wenigen aber, die es wirklich schaffen, ein Päckchen zu schnappen unter Beifall, wartet erst nach dem Herabgleiten die Überraschung: Drechsels Michel findet in seinem verschnürten Mitbringsel einen alten Schlappen, Langs Ludwig zwischen Zeitungen einen Salzhering. Und im letzten Päckchen, Goldsteins Alfred bringt es herunter, da kommt aus rotem Samt plötzlich der Hauptgewinn zum Vorschein: ein Porzellanlöwe mit aufgeschüttelter Mähne, in der er eine kleine Spieluhr trägt. Und die Spieluhr spielt und alle horchen stumm.

Die Spieluhr spielt – und plötzlich fängt das ganze Dorf auf dem Gänswasen an zu tanzen: erst der Gogs mit der Hutschachtel, dann unsere strenge Lehrerin mit dem steifen Lektor – und der verrückte Michel schwingt die Kosa herum. Alle tanzen unter den Girlanden und die Scherze fliegen hin und her: übers Hamstern und Organisieren, vom Poussieren und vom Heiern. Wir kriechen zwischen den verlassenen Bänken herum, kügeln um die große bunte Glaskugel und träumen vom nächsten Fischzug beim Krampeln. Auf einmal bricht die Musik ab – der Grafe Andräs, im grauen Anzug, verstaut seine Schelle und räuspert sich bedeutungsvoll in die Runde: „Der Gemeinde ist Folchendes bekanntzugeben: Aus einem hiesigen Sprichwort ist ein Vergleich abhanden gekommen. Müllers Vieh wurde erkannt und wird hiermit aufgefordert, sich selbst zu melden!“

Der Graf schaut streng in die Runde und zwinkert uns Kindern zu. Ich aber bin eingeschlafen zur Spieluhr, eine riesige Erdbeere fest in den Armen. Vater streicht sich das Beffchen, hebt den Zeigefinger und sagt „Amen“. Zalzem tanzt. Von der Humpel her läuten die Glockenblumen.

Bilderklärungen

Titelbild: Gasthof zur Sonne, Aushängeschild
Rückseite: Autor, mit anderthalb, in den Himbeeren
Innenseite: Kirchturmblick auf „Jüdegass“ und Bachbrücke
Schlußseite: Anwesen Goldstein, Portal

Serie 1 (S. 29–34)

Pfarrhaus mit Kirchturm (davor Ehepaar Hofmann mit Besuch)
Blick aus dem Pfarrhaus (Gemeindewaage und Anwesen Schömig)
Kohles bzw. „Kohles-Eck“
Albert Plempel mit „Reßwagen“ (hinten Bäckerei Scherer)
Demonstrative Störfahrt der „Besatzer“ (Kirchweih 1951)
Pfarrhaus vom Garten aus

Serie 2 (S. 65–70)

Marie Knies mit „Brotraaf“
Dekan Mebs, Kreisdekan Koch, Pfarrer Hofmann (von links)
Evangelischer Posaunenchor (1953)
Evangelische Kirche (Hauptportal und Emporeneingang)
Willi Marksteiner mit Wasserbutte
Rathaus

Serie 3 (S. 99–104)

Kirchgaden (Schulhof)
„Krampeln“ (Ehepaar Herbert am Schloßportal, 1952)
Kirchweihumzug (1952)
Pfarrfamilie (1945)
Rechen
Taufe (mit Pfarrer, Mesner und Hebamme)

Serie 4 (S. 135–140)

Blick vom „Allerberg“
August Bauer mit Fuhrwerk
Evangelischer Posaunenchor (Marktplatz, Brunnen und Denkmal)
Gasthaus zum Hirschen (Kegelbahn-Anbau)
„1572“, Hausstein der Gerberfamilie Krönlein
Brücke am Bach

Serie 5 (S. 169–174)

Schulleiter Gäßler mit den Klassen 5 bis 8 (1954)
Lehrerin Kotzik mit den Klassen 1 bis 4 (1953)
Lehrer Knauer mit den Klassen 1 bis 4, darunter der Autor (1948)
Läutbuben beim Hochzeitskaffee
Schulkinder am Marktplatz (1941)
Schulkinder in der „Jüdegass“

Nachwort

Bei der Entstehung dieses Buches hat mir vor allem Hilmar Spiegel, einst zwei Volksschulklassen unter mir, mit Rat und Tat zur Seite gestanden. Seine nimmermüde, kenntnisreiche Liebe zu unserem Dorf hat mich beim Schreiben vielfältig ermuntert. Aus seinem Archiv stammen auch die meisten Fotografien, für die zugleich vielen Zeilitzheimern zu danken ist.

Freundlicher Dank geht auch an Rani Thoms und Goscha Nowak für beider Mithilfe bei der Herstellung von Text- bzw. Bildteil.

Unter den Bildern aus Familienbesitz wurden mehrere einem Album entnommen, das die Evangelische Kirchengemeinde ihrem Pfarrer 1953 zum Abschied schenkte; der Urheber dieser Fotografien war nicht zu ermitteln. Das letzte Bild der Serie 3, die beiden letzten von Serie 4 sowie das Bild auf dem Schlußblatt hat Jula Dech 1993 im Dorf aufgenommen.

Jürgen Hofmann Goethestraße 69 10625 Berlin

10

Inhalt